KB027647

그림자 황후 2

그림자 황후 2

초판 1쇄 발행 2022년 10월 25일

지은이 손정미
펴낸이 정성욱
펴낸곳 이정서재

편집 정성욱
마케팅 정민혁

출판신고 2022년 3월 29일 제 2022-000060호
전화 02)732-2530 | FAX 02)732-2531
이메일 jspoem2002@naver.com

© 손정미, 2022
ISBN 979-11-979343-6-0 (04810)

* 이 책은 저작권법에 따라 보호받는 저작물이므로 무단전제와 무단복제를 금지하며 이 책 내용의 전부 또는 일부를 이용하려면 반드시 저작권자와 더소울의 서면 동의를 받아야 합니다.
* 이 책의 국립중앙도서관 출판시 도서목록은 서지정보유통시스템 홈페이지(http://seoji.nl.go.kr)와 국가자료 공동목록시스템(www.nl.go.kr/kolisnet)에서 이용하실 수 있습니다.
* 잘못된 책은 구입하신 서점에서 바꿔 드립니다.
* 책값은 뒤표지에 있습니다.

— 이정서재는 도서출판 더소울의 문학 브랜드 입니다.

손정미 역사소설

2

그림자 황후

이정서재

차례

3부 개화, 잡을 것인가 잡힐 것인가 5

4부 산왕山王의 응시 107

5부 산화가散花歌 209

3부

개화, 잡을 것인가 잡힐 것인가

박영효 메이지마루明治丸에 오르다

초계는 김이 오르는 밥에 김치를 올려 먹으니 입에 착착 감겼다.

주인이 상을 물리면 부엌에서 남은 음식을 한꺼번에 비벼 먹던 기억이 떠올랐다. 허겁지겁 먹어서일까 체기와 함께 속이 울렁거렸다.

'요즘 왜 이리 자주 체하고 토하지? 혹시.'

달거리도 거르고 있었다. 초계는 털썩 주저앉았다.

'달수가…기뻐할까?'

초계는 달수를 찾아 왕십리 훈국병이 사는 동네를 찾아갔다. 동네로 들어서자마자 코를 움켜쥐었다. 청국 병사들이 군란을 일으킨 훈국병을 잔인하게 잡아들인 뒤였다. 칼과 도끼로 찍힌 담과 문짝, 피가 굳어 거무죽죽해진 짚신이 나뒹굴고 있었다. 곳곳에 튄 핏자국이 음울하게 남아 있었다.

훈국병은 죽기 살기로 왕십리로 들이닥친 청군을 막았지만 이겨내지 못했다. 군란에 5,000명이 가담했다는 말도 있지만, 왕이 대사면령을 내려 피해를 줄였다. 동네엔 아낙과 아이들의 울음소리가 울리고 악취가 코를 찔렀다.

달수는 사촌의 집에서 부서진 문과 담을 손보고 있었다.

'빨리 스승님에게 가야 하는데….'

스승 최시형은 머리맡에 두고 자는 보따리에 여분의 양식과 숟가락, 큰 스승의 말씀을 적은 두루마리를 넣고 다녔다. 동학도를 잡아들이는 관속이 들이닥치면 보따리만 들고 달아났기 때문에 '최 보따리'란 이름이 붙었다.

"달수야."

"초계야, 살았구나. 얼마나 마음을 졸였는지 모른다."

달수는 초계를 보자 벌떡 일어났다.

"달수야."

마음이 급하고 초조한 초계의 목소리가 떨렸다.

"우리 아무도 모르는 데로 가서 살까?"

"갑자기 무슨 소리여?"

초계는 저도 모르게 배 위에 두 손을 갖다 댔다.

'혹시 내 아이를 가진 건가?'

'스승님이 기다리신다.'

'포덕布德을 하자면 숨어서 이리저리 돌아다니잖아.'

'종년이 낳은 새끼는 노비가 되는데.'

달수는 여러 생각이 뒤엉켰다.

"초계야, 나 실은 스승님이 기다리셔서 가야 한다."

"뭐?"

초계는 손발이 부들부들 떨렸다.

'니 새끼를 뱄다고.'

그러나 차마 입 밖에 내지 않았다.

"그게 네가 싫은 게 아니고."

"너하고는 오늘로 끝이다."

얼굴에 핏기가 가신 초계는 뒤돌아섰다.

"전하, 민심을 다스릴 전교를 내리셔야 합니다."

임오군란으로 나라가 뒤집힌 뒤였다.

"그래야겠지."

"서얼과 중인, 군오軍伍들을 중용하겠다는 전교를 내리시옵소서."

왕은 왕비를 쳐다보았다.

"군란이 있었으니 군오들을 위무하라는 건 알겠는데, 서얼과 중인은 왜?"

왕의 얼굴에 피로감이 배여 있었다.

"시대가 변할 때 빠르게 대처할 수 있는 자들입니다. 서얼이라고 중용되지 못하고 있으니 나라의 손실입니다."

임오군란 후 왕은 서북민을 포함해 서얼과 중인·의원·역관·서리胥吏·군오를 중용하겠다는 전교를 내렸다. 앞으로 차별을 없애겠다는 전교에 양반들은 발칵 뒤집혔다. 양반들은 전부터 왕이 천한 신분의 자들을 가까이 한다며 비방하고 있었다. 왕이 드러내놓고 전교를 내리자 벌떼처럼 들고 일어났다.

왕은 일본의 피해 협상을 마무리 짓기 위해 특명전권대신 겸 수신사로 박영효를 임명했다.

박영효는 눈으로 보고 싶던 일본을 가게 되자 한껏 들떴다. 박영효는 개화사상에 눈 뜨면서 그 길에 희망을 걸었다. 김옥균과 민영익도 왕의 밀명을 받고 수신사에 합류했다. 박영효는 일본이 보내준 증기선 메이지마루明治丸에 몸을 실었다.

나가노 교타로는 시모노세키 출장을 준비하다 잊고 있던 돈봉투를 발견했다. 조선의 수신사를 맞이하기 위해 시모노세키로 가야 했다. 봉투 속 돈은 신공황후의 초상이 그려진 지폐였다. 이토 히로부미가 독일로 떠나기 전 쥐어준 돈이었다.

이토는 떠나기 전 나가노를 신바시에 있는 요정으로 불렀다. 고위 관료들도 대부분 첩이 있었지만, 이토는 소문난 호색한이었다. 다른 이들이 다도나 골동품에 열을 올렸지만 이토의 취미는 엽색이었다. 이토가 결혼한 우메코도 기녀 출신이었다.

"자네가 조선을 오가며 해야 할 일이 있어서 불렀네."

"옛."

"일본이 미개한 조선을 개화시켜야 하지 않겠나?"

"옛."

"준비를 치밀하게 해야 해. 조선에 갈 때마다 사서史書와 고서를 사 모으게. 앞으로 우리가 조선의 역사를 다듬어줄 필요가 있거든."

이토가 궐련을 피워 물었다.

"썩을 대로 썩고 무능하다는 걸 자꾸 그들 머리에 넣어줘야 해. 그래야 일본의 지배를 복으로 알 것 아닌가. 내가 조선을 식민지로 만들면 뭐부터 할 것 같은가?"

"모르겠습니다."

"왕실 도서관에 쌓여 있다는 도서를 싸그리 가져오는 일이야."

이토는 담배 연기 너머로 지그시 쳐다보았다.

"돈으로 매수하든 여자로 유혹하든, 세 치 혀를 놀리든, 조선의 중요한 놈들을 끌어들이게. 중요한 정보를 물어오면 상금은 듬뿍 줄 거야. 반도를 공격했던 신공황후가 그려진 돈을 줄 테니, 행운을 비네. 슬슬 반반한 한교큐半玉를 불러볼까?"

의식화의 귀재 김옥균

1882년 메이지마루 갑판.

바람 속에서 갓과 도포 자락을 부여잡은 박영효가 서 있었다. 증기선이 거침없이 바다를 가르며 나아가자 가슴이 쿵쾅거렸다.

"이것이 바로 개화로구나."

스물두 살 박영효는 바람을 향해 환호했다. 옆에는 김옥균이 지그시 웃고 있었다.

"두 눈으로 직접 보니 어떻소이까?"

김옥균과 박영효의 눈빛이 강렬하게 마주쳤다. 두 사람은 한성 붉은고개에 자리 잡은 김옥균의 집에서 조선의 개화를 토로한 사이였다. 인왕산과 북악산이 보이는 김옥균의 집. 옆

집에는 서재필이, 남쪽으로 조금 내려오면 홍영식이 살고 있었다. 이들은 북촌에 살면서 개화와 부국강병을 꿈꾼 개화당이었다.

시작은 붉은고개에서 가까운 박규수의 재동 사랑방이었다. 부근에 수신사 종사관으로 따라 온 서광범이 살았고, 금릉위 박영효의 집도 지척에 있었다.

김옥균은 회심의 미소를 지었다. 이번 일본행에 그동안 포섭한 유혁로와 역관의 아들인 변수를 포함해 '충의계' 인사 몇 명을 데려왔다. 김옥균은 필요하다 생각하면 귀천을 가리지 않고 끈질기게 설득했다.

김옥균은 장원급제로 홍패를 거머쥐고 왕의 총애를 받는 명사였다. 그런 김옥균이 차별받는 무관과 중인, 승려에 다가가 개화의 불꽃을 던졌다. 백담사 승려 무불無不은 김옥균을 만난 뒤 '탁정식'으로 거듭나 일본으로 향했다.

김옥균이 "지금은 세계의 지식을 흡수해야 할 때이며, 세계무대에 나설 인물이 필요하니 영어를 꼭 배우라"며 설득한 사람은 윤치호였다. 윤치호는 열일곱 나이에 영어 공부를 시작했다.

서재필은 문과에 합격했지만 일본 무관학교에 입학하라는 김옥균의 말을 따랐다.

김옥균은 구중궁궐의 궁녀까지 충의계로 끌어들였다. 궁녀

고대수顧大嫂였다.

여느 사내보다 큰 키와 떡 벌어진 어깨를 가진 궁녀였다. 사내 서너 명도 당해내지 못하는 여장사로, 왕비의 호위를 맡은 궁녀였다. 왕과 왕비의 내밀한 생각과 동선을 알려면 궁녀가 필요했다.

머리가 비상하고 달변인 김옥균이 개화에 대해 말할 때면 우주를 삼킬 듯한 기개가 있었었다.

"도탄에 빠진 이 나라를 구하고 양반 상놈 없는 세상을 만들 수 있소."

'충의계'로 들어오면 상상도 못하는 일본으로 데려가 발전상을 보여주며 감복시켰다.

상대의 깊은 곳을 푸욱 찔러 갈망을 풀어주는 능력이 있었다. 왕이 김옥균에게 수신사 임무를 명하자, 그는 박영효를 대신 천거했다.

박영효는 막중한 임무를 맡게 되자, 가슴이 뛰고 생기가 돌았다. 부마로서 부와 특권은 있지만 정사에는 참여하지 못하던 그에게 단비와도 같았다. 김옥균은 박영효의 헛헛함을 예리하게 보고 있었다. 박영효는 2,000평이 넘는 집과 궁녀, 하인을 받았지만 가슴에 불이 날 때면 영혜 옹주의 묘를 찾아 힘껏 말을 달렸다.

'왕실이 날 거세했구나.'

자신의 기구한 운명에 울분을 터뜨리다 형의 소개로 만난 김옥균과 불교를 이야기하며 가까워졌다.

박영효는 꽃 같은 상궁과 궁녀들이 내는 치마의 사각거리는 소리에도 신경이 곤두섰다. 그들에게서 흘러나오는 체향만으로도 어지러웠다.

왕과 왕비의 금슬은 몹시도 부러웠다. 왕비는 누구보다 영민했고 백합처럼 우아했다. 왕비는 '신문'이라고 하는 걸 읽어 바깥 사정도 잘 알았다. 박영효는 여장부인 왕비를 미워하면서도 강하게 끌렸다. 외로운 밤 괜히 왕비가 떠올라 몸부림친 적이 한두 번이 아니었다.

그럴 때면 속으로 되뇌었다.

'서양처럼 개화되면 사람을 산송장으로 만드는 구태와 악습도 끊어지겠지.'

비운이 어쩌면 행운으로 바뀔지 몰랐다.

왕의 사랑을 받고 재력이 든든한 박영효는 개화당에게 절대적으로 필요했다.

박영효는 메이지마루에 승선하면서 바짝 긴장했다.

하지만 선장과 왜인들의 깍듯한 태도에 놀랐다. 강화도 조약과 임오군란 직후 이를 드러내며 으르렁거리던 왜인의 모습이 아니었다.

'내가 부마라 대접이 융숭한 건가?'

영국에서 건조한 메이지마루는 일본 천황이 타는 어소선御所船이기도 했다. 부마라는 지위를 새삼 느끼며 뿌듯했다.

"박 대인께서는 조선의 국기를 준비하셨나요? 선장인 제임스가 다른 나라의 국기에 대해서도 잘 알고 있으니 도움을 줄 수 있을 겁니다."

메이지마루에 함께 탄 영국 영사 애스턴이 박영효에게 물었다.

"이미 우리 대군주께서 하사하신 것이 있습니다."

가운데에 청과 홍이 어우러진 태극과 주변에 주역의 8괘가 그려진 '대조선 국기'였다. 조선은 1881년부터 대조선, 왕은 대군주라는 호칭을 쓰고 있었다.

왕은 박영효가 떠나기 전 태극기를 내주었다. 강화도조약과 조미수호통상조약 체결을 거치면서 국기가 필요했다.

태극기를 받아 든 박영효는 감격했다.

"태극이 나뉘어 음양이 되고, 음양이 다시 사상四象이 되고, 사상이 8괘가 되지 않나. 8괘가 다시 나뉘면 결국 1,677만 4,200개의 괘가 되네. 이는 백성의 수이기도 하고 임금과 백성이 서로에게 말미암음이오."

왕은 자신이 도안한 태극기의 의미를 알려주었다.

정조대왕을 흠모해온 왕은 통치 철학을 담아 조선의 국기를 그렸다. 정조대왕은 주역을 깊이 연구하면서 1,677만 4,200개의 괘가 백성이라는 생각을 가졌다.

"국기는 멀리서도 명확하게 보여야 하고, 다른 나라에서도 따라 그리기가 편해야 합니다. 여기의 8괘는 복잡하니 4괘로 바꾸면 더없이 아름다울 것입니다."

태극기를 본 제임스 선장이 반가워하며 의견을 말했다. 박영효는 일리가 있어 따르기로 하고 조정에 이를 보고했다.

흰 바탕에 태극을 중심으로 주역의 4괘를 두른 태극기의 완성이었다.

일황日皇 앞에 선 두 사람

초계는 서양식 저택 앞에 서자 가슴이 두근거렸다.

상해로 가라는 왕비의 명을 받자, 태웅을 만난다는 기쁨에 먼 길을 마다않고 왔다. 배에서 내리자마자 인력거를 타고 찾아온 길이었다. 마침 열린 문으로 들어가자 식당에서 떠드는 소리와 기름에 음식 볶는 소리가 요란했다.

'놀래켜 줄까?'

초계는 살금살금 2층으로 올라갔다. 문틈으로 침대에 누운 태웅의 등이 보였다.

"도련님."

초계는 눈물을 글썽이며 뛰어 들어갔다.

"이 도둑년, 썩 나가지 못해. 이것들은 도둑년이 들어오는 것도 모르고 뭐 하고 있어."

잠옷 차림의 옥주가 소리쳤다. 피우던 담배를 던지고 벌떡 일어섰다. 놀란 태웅이 바지를 추스르며 일어났다.

"초계야, 살아 있었구나."

태웅은 기절할 만큼 놀라고 당황스러웠다.

"저년은 누구야?"

낌새를 챈 옥주가 태웅을 붙잡았다.

"어 어- 중전마마의 나인이야."

얼떨결에 태웅의 입에서 튀어나온 말이었다.

'나인?'

초계의 머릿속이 멍해졌다. 옥주의 눈꼬리가 매섭게 치켜 올라갔다. 초계를 보는 태웅의 눈빛을 보자 질투심이 타올랐다.

"종년이 어딜 기어 들어와. 어서 꺼져. 에잇."

흥분한 옥주가 묵직한 꽃병을 집어들었다.

"안 돼."

태웅이 초계를 막아주려 몸을 던졌다. 꽃병에 머리를 맞고 정신을 잃었다.

박영효는 도쿄 아카사카 이궁離宮에서 무쓰히토 일황의 은근한 환대를 받았다.

"귀국 대왕께서 안녕하시다니 기쁘기 그지없소. 경이 전권대신으로 파견되어 대왕의 친서를 전하니 화호和好가 영원히 친밀할 것이라 믿소."

서른한 살의 무쓰히토 일황. 건장한 체구에 눈매가 강렬했다.

금실로 수놓은 대례복의 이노우에 외무경이 민영익과 김옥균을 내전으로 인도했다. 일황은 박영효뿐 아니라 김옥균과 민영익도 함께 들게 했던 것이다.

"국사로 고생이 많았을 텐데, 지금은 편안하게 되었다니 다행이오."

일황은 민영익에게 인사를 건넸다.

"각별히 초대해주시고 이같이 위문해 주시니 황공합니다."

일황은 김옥균을 보자 반가운 표정을 지었다.

"경은 봄 사이에 바다를 건너왔으니 한 번 만났다 할 수 있겠소. 귀국의 변란 소식을 듣고 얼마나 놀라고 걱정했소. 즉시 나라가 정돈되어 무사히 바다를 건너왔으니 매우 다행이오."

"이같이 위로하시고 염려해 주시니 황송함을 이길 수가 없습니다."

김옥균은 머리를 조아리며 대답했다. 민영익은 일황이 정사인 박영효보다 김옥균을 내밀하게 대하는 모습이 걸렸다.

박영효는 하루하루가 바빴다.

태정대신과 이와쿠라 도모미, 육군경 같은 최고위직뿐 아니라 영국과 미국 · 이탈리아 · 프랑스 · 독일 · 네덜란드 · 벨기에 외교관들이 박영효 일행을 방문하거나 초청했다. 외무성이 박영효와 김옥균을 우군으로 끌어들이기 위해 주선한 결과였다.

박영효는 임오군란에 대한 배상금 기한을 5년에서 10년으로 늘이는데 성공하자 자신감과 사기가 올랐다. 이노우에를 포함해 일본 대신들과 각국 외교관 25명을 엔료칸으로 초대해 성대한 만찬을 베풀었다. 엔료칸은 서양식 최고급 영빈관으로, 미국의 그랜트 대통령이 묵었던 곳이었다.

도쿄의 반듯한 길과 우뚝 솟은 서양식 건물, 먼지 하나 없는 정원과 숙소, 선녀 같은 예기藝妓들이 술을 따르는 향연. 박영효는 하루하루가 꿈속을 걷는 듯했다.

영국의 파크스 공사는 박영효 일행에 각별한 호의를 보였다. 요코하마의 고급 경마장에 초대하기까지 했다. 세련되게 차려입은 외교관과 일본 상류층이 참석한 경마장은 고급 사교장이었다.

"이런 곳이 있었군요. 대단합니다."

박영효는 파크스 공사에게 감탄사를 연발했다. 중앙아시아산産 말들이 경주하는 호쾌한 장관이 펼쳐졌다.

파크스 영국 공사는 김옥균을 초청해 티타임을 가졌다.

"지금 조선에서 청나라의 간섭 없이 맘대로 일할 수 있는 사람은 주상전하와 박영효 그리고 나 세 사람밖에 없소이다."

노회한 파크스는 김옥균의 호기로운 말을 놓치지 않았다.

파크스는 중국에 잔인한 결과를 안겨준 '애로우호 사건'을 처리했고, 일본에서는 메이지유신을 지원하며 영국에 유리한 통상 조약을 끌어낸 자였다.

여우같이 냄새를 맡는 파크스는 수신사가 메이지마루에 탈 때부터 애스턴 영사를 붙여 상황을 탐지하게 했다. 이홍장이 재촉하는 와중에 조선이 미국과 조약을 맺자, 영국도 재빨리 '조영통상조약'을 맺었다. 하지만 영국 상인들은 관세나 자국 상인 보호가 형편없다고 불만이었다.

파크스는 청국의 속국이 아닌 독립국으로 인정받길 원하는 박영효와 김옥균을 자극해 조약 개정을 파고들었다. 김옥균은 영국이 조선을 독립국으로 인정한다면 조약을 개정할 수 있다고 장담했다. 개정이 가능하다는 말을 듣자 파크스는 독일을 움직여 군함 시위까지 벌이며 조약 개정을 압박했다.

결국 영국과 독일은 조선과 파격적으로 조약을 개정했고, '최혜국 조관'에 따라 러시아 · 이탈리아 · 프랑스 · 미국과 일본도 영국의 뒤를 이어 실리를 챙겼다. 이는 부국강병이 시급한 조선 재정에 엄청난 타격이 됐다.

김옥균의 치기가 불러온 재앙이었다.

도쿄 후쿠자와 유키치의 집.

"먼 곳에서 무사히 오신 각하를 뵙게 되니 기쁘기 그지없습니다."

"저야말로 선생을 뵈니 가슴이 벅차오릅니다."

박영효와 김옥균은 이동인이 보내준 후쿠자와의 저작《문명론의 개략》《서양사정》을 돌려 읽은 터였다.

"일본에 와 보니 개화의 절실함을 뼈저리게 느낍니다."

"각하야말로 김옥균 선생과 함께 조선의 개화를 이끌 분입니다."

"하루빨리 개화를 이루고 싶은 웅심雄心이 치밀어 오릅니다."

"개화를 앞당기려면 신문을 발행해야 합니다. 게이오의숙을 나오고 내가 운영하는 신문사에서 일하는 이노우에 가쿠고로와 우시바 다쿠조를 데려가십시오. 신문 발행에 도움이 될 겁니다."

"신문이요?"

박영효는 왕비가 부지런히 입수해 읽고 있는 신문을 떠올렸다. 후쿠자와까지 이야기하는 걸 보니 몹시 중요한 것 같았다.

임무를 마친 박영효는 조선 공사로 부임하는 다케조에 신이치로竹添進一郎와 함께 메이지마루를 타고 귀국했다.

창덕궁에 나타난 광대

하늘이 짙푸른 바다처럼 깊어지자 달이 둥실 떠올랐다.

궁궐은 광대가 펼칠 무대를 앞두고 들썩였다. 비번인 궁녀까지 모여 눈 빠지게 기다리고 있었다.

"광대가 뭘 부른대?"

"그야 주상전하 맘이시지 뭘. 춘향가나 불러주면 좋으련만."

"중전마마께서 귀명창이시니 최고 명창이 오겠지."

"어맛 주상전하는 아니시더냐."

"젊은 소리꾼이 온다더라. 풍채 좋고 발림 좋고, 목청은 은방울이란다."

주변을 어슬렁거리던 별감들도 덩달아 히죽거렸다.

거울 앞에 왕비가 용잠을 꽂으며 앉아 있었다. 잠을 제대로 자지 못하고 체기가 있어 안색은 좋지 못했다. 하지만 거울을 보며 지극히 온화한 미소를 지었다. 모두 왕비의 안색만 살필 터였으니.

광대를 부른 사람은 왕비였다. 군란으로 짓밟힌 왕궁을 정화하는 일이 급했다. 난군에게 처참하게 죽은 민겸호와 김보현의 피비린내가 가시지 않았다. 왕비는 한밤중에 가지 부러지는 소리에도 소스라치게 놀랐다. 바람이 창을 흔들어도 귀신 소리처럼 느껴졌다.

'대궐의 나쁜 기운을 신명으로 날려버려야지.'

남도 광대들은 세습 무가巫家 출신이 많았다. 줄 타는 줄광대나 피리, 젓대(대금)를 부는 광대들은 주로 대물림을 했다. 어려서부터 신청神廳에서 배워 기예가 남다를 수밖에 없었다.

그중 소리광대는 대우가 가장 좋아 양반과 겸상을 할 정도였다.

왕비는 광대들의 연희가 액을 쫓는 축사逐邪와 닿아 있다는 걸 알았다. 옛날에는 노래와 춤으로 신을 기쁘게 하는 제를 올렸다. 명산대천을 찾아다니며 산천제를 올렸고, 그것이 '별기은'이라는 국가 제사로 남았다.

조선에 들어와 유생들이 '음사淫祀'라고 몰아붙여 굿을 비하하고, 별기은도 배척했다.

왕비는 대궐을 감싸듯 솟은 북악산과 인왕산을 볼 때마다,

웅장하고 수려하게 지은 궁궐과 머리를 조아리는 신하와 궁녀들을 볼 때마다 자부심이 차올랐다. 그러나 등에 비수를 꽂는 대원군과 이리떼 같은 일본, 마수를 뻗기 시작한 청국에 대한 분노로 밤잠을 이루지 못했다.

검은 파도가 솟구치는 칼날 같은 절벽 위에 선 처절한 절망감이었다.

'나라가 위태로운 게 하늘에 대한 정성이 부족해서가 아닐까?'

왕의 곁에는 눈두덩이가 불그레한 어린 세자가 앉아 있었다.

왕비가 세자에게 《효경》에 대해 물었는데, 우물거리자 종아리를 때린 탓이었다.

'아바마마는 반찬까지 집어주시는데, 어마마마는 어찌 저리 무서우실까?'

세자는 종아리를 문지르며 몰래 어마마마를 곁눈질했다. 왕비는 언제 그랬냐는 듯 세자의 손을 꼭 쥐었다. 희고 가냘픈 왕비의 얼굴에 미소가 걸려 있었다. 왕비의 표정에 왕과 세자, 신하와 궁인들이 마음을 놓았다.

향피리의 요란한 소리를 타고 삼현육각三絃六角이 울리는 가운데 줄광대가 아찔한 묘기를 부렸다. 궁인들은 입을 헤 벌리고 가슴을 졸이며 쳐다보았다.

이어 나온 광대가 휘딱휘딱 몸을 뒤집으며 땅재주를 부리자 환호성이 터져 나왔다.

"전하, 소인 소리하러 왔사옵니다."

드디어 갓과 도포를 말쑥하게 차려입은 소리광대가 씩씩하게 나타났다. 뱃속에서 우렁차게 터져 나오는 통성이었다.

"적벽가를 할 줄 아는가?"

"예."

"춘향가도 할 줄 아는가?"

"예."

대답을 들은 왕은 만족스러운 듯 고개를 끄덕였다.

'적벽가'와 '춘향가'를 제대로 할 줄 모르면 명창으로서 격이 떨어졌다.

"어전御前 광대로 나온 자는 김창환이옵니다."

민영환이 아뢰었다.

"김창환은 서파의 수령인 이날치와 동파의 종장宗匠인 박기홍과 이종간입니다. 집안이 무계巫系이옵니다. 이날치와 정창업에게 배웠고, 지금은 신재효 밑에서 기량을 닦고 있사옵니다."

왕비는 뭔가 생각하듯 눈을 가늘게 떴다.

"영환이는 앞으로 재주 있는 광대들을 북돋아 주어라. 가악은 나라의 혼과 풍속을 담아내는 그릇이니까."

"분부 받잡겠사옵니다."

민영환은 왕비의 당부가 가슴에 사무쳤다.

"춘향가를 해 보거라."

왕이 한쪽 무릎을 세우며 명했다.

"예-이."

> "형리 다시 엎디어 '춘향아 들으라 대전통편에 하였으되 모반대역하는 죄는 능지처참이라 하고, 거역관장拒逆官長 하는 죄는 엄형정배嚴刑定配 의당이니, 너 죽는다 설어마라-'. 춘향이 여짜오되, '대전통편의 법이 그럴진대 유부녀 겁탈하는 죄는 어찌하라 하였오?'"

광대의 소리가 힘있게 울렸다.

왕비는 '모반대역하는 죄는 능지처참'이라는 대목에서 몸이 뻣뻣해졌다. 왕과 자신을 죽이려 한 대원군과 난군들의 모습이 떠올랐다. 판소리를 유난히 좋아하던 대원군이었다.

"아바마마, 광대소리가 슬퍼서 그러시옵니까?"

세자가 눈을 동그랗게 뜨고 눈물이 그렁그렁한 왕을 쳐다보았다.

"흥보가를 해 보거라."

"예-이."

광대는 부채로 슬쩍 갓을 추켜올렸다.

"그 제비 머리 우로 날아들며 입에 물었던 것을 앞에다 떨구니, 흥보 집어 들고 하는 말이 '여보, 마누라 작년에 다리가 상하여 동여주던 제비가 무엇을 물어 던지네 그려. 누른 수가 금인가 보네. 무슨 금이 이다지 가벼울까'"

구경꾼들은 손뼉을 치며 웃고 좋아했다. 광대들의 떠들썩한 연희가 사악한 기운을 몰아내고 있었다.

왕비는 머리가 가벼워지고 힘이 솟구쳤다. 대궐도 어느새 환해진 듯했다.

"중전마마, 오늘 좋은 구경하였사옵니다."

광대의 마당이 끝나고 민범호가 왕비에게 인사를 올렸다.

"잠깐 같이 드시지요."

민범호는 왕비를 따라 중궁전에 들어갔다. 서안에는 책이 수북이 쌓여 있었다.

"무슨 책이 이리 많사옵니까? 여전히 손에서 책을 놓지 않으시나 보옵니다."

"저의 낙이지요. 책 제목을 보세요."

"《비사秘詞》. 혹 신지의 《비사》이옵니까?"

민범호는 깜짝 놀라 서둘러 책을 펴보았다.

"맞습니다. 역시 오라버니는 알아보시는군요."

"제가 이 책을 구하기 위해 얼마나 찾았는지 모릅니다."

민범호는 환희에 들뜬 나머지 손이 떨리고 얼굴이 상기됐다.

"주합루에서 찾아낸 책입니다."

"이건 고흥의 《백제사》 아닙니까?"

민범호는 입을 다물지 못했다.

《조대기朝代記》《삼성밀기三聖密記》《서운관밀기書雲觀密記》까지 진정 자신이 애타게 찾았던 고대 역사서였다.

"탐나시지요?"

왕비는 빙그레 웃으며 민범호를 바라보았다.

"예, 중전마마."

"제가 지금 읽고 있습니다. 다 읽고 비밀리에 필사본을 한 부씩 만들 겁니다. 그때 보여드릴게요."

"어찌 이런 옛 사서에 관심이 많으십니까?"

"역사를 알아야 제대로 나라를 다스릴 게 아닙니까. 제가 어렵고 낙담할 때 용기를 주는 제 힘의 원천입니다. 이렇게 훌륭한 조상님들이 계셨다는 걸 알면 어떤 난관이든 헤쳐 나갈 수 있다는 마음이 생깁니다."

"참으로 그렇사옵니다. 중전마마."

"어떨 때는… 모든 걸 다 놓아버리고 싶을 때도 있지만 이 책들을 보면 정신이 번쩍 납니다."

얼음같이 차가운 그녀

“이중당(이홍장)이 조선 해관에 천거한 자는 목인덕이옵니다.”

청국 천진에서 돌아온 조영하가 왕에게 아뢰었다. 조영하는 대왕대비 조씨의 조카로, 임오군란의 긴박한 상황에서 왕의 곁을 지킨 신하였다.

조선은 일본과 청국을 비롯해 서양에게도 개항하자 해관 설치가 급해졌다. 왕은 이홍장에게 영어를 잘하고 해관 업무에 밝은 자를 총세무사로 추천해 달라 청했다. 조선의 개항을 채근해온 이홍장은 독일 영사관의 목인덕(묄렌도르프)을 점찍어 두고 있었다.

“어느 나라 사람인가? 녹봉은 얼마나 줘야 하오?”

"덕국 사람이옵고, 녹봉은 300테일Tael이라고 하옵니다."

"테일? 그게 뭣인가. 300이라 하면 어느 정도를 준단 말이요?"

"청국의 은화를 말합니다. 300테일 두 달 치를 받으면 좋은 기와집 한 채를 살 수 있을 정도이옵니다."

"뭐 그렇게나 많이 줘야 한단 말이오?"

왕의 안색이 순간 싹 변했다. 듣고 있던 왕비가 나섰다.

"전하 낮은 녹봉으로 우매한 자를 부리느니 차라리 넉넉히 주고 유능한 자를 부리는 게 이득이옵니다. 상해에 있는 자를 통해 목인덕에 대해 알아봤사옵니다. 영사가 되고 싶었지만 뜻대로 되지 않자 이홍장의 막료로 들어간 사람이더군요."

왕은 이홍장의 뜻을 거스를 수 없고, 밀려오는 상품에 세금을 매기기 위해 머뭇거릴 여유가 없었다. 해관에서 세금을 거둬들여 당장 필요한 개화 자금을 충당해야 했다.

1882년 12월 묄렌도르프는 조영하와 함께 흥신호興信號를 타고 인천에 도착했다. 묄렌도르프가 가마를 타고 한양으로 들어오자 구경하려는 사람들로 뒤덮였다.

"노랑머리다."

"눈깔이 파란 도깨비야."

삿갓 쓴 자, 맨 상투의 사내, 쓰개치마로 가린 아녀자, 젖먹

이를 업은 아이까지 구름같이 몰려나왔다.

짧은 머리에 콧수염을 두텁게 기른 묄렌도르프는 기골이 장대했다. 안경을 낀 엄숙한 눈빛으로 조선사람과 풍경을 흥미롭게 둘러보았다. 가마가 멈췄을 때 사람들은 묄렌도르프의 손등을 꼬집어보고, 머리카락을 당겨 보았다.

'공기가 맑고 자연은 매우 아름답군.'

묄렌도르프는 자신이 받는 넉넉한 보수에 크게 만족하고 있었다. 임오군란 중 피살된 민겸호의 저택을 하사받았지만 크기와 고급스런 외관에 흡족했다.

묄렌도르프는 연미복에 훈장을 단 차림으로 입궐했다.

"멀리 오느라 수고가 많았소."

왕은 인사를 건넸지만 딱딱하게 굳어 있었다. 병인양요, 신미양요에 대한 감정이 좋지 않았고, 서양인을 눈앞에서 바로 보기는 처음이었다. 높고 커다란 코, 장승같이 높은 키, 낯선 체향. 한 번도 보지 못한 짐승을 보는 것 같았다.

어전御前이라 안경을 벗은 묄렌도르프는 공손히 절을 올렸다.

"Sini Guikuke wa pollo posini, Kam tsiek hawa, Kalliek tinsin haolkosini, Kuetu Kesoto Kangsine Sienim haopsikiril paranaita(신이 귀국에 와 불러 보시니, 감축하와 갈력渴力 진심하올 것이니 귀주貴主께서도 강신降臣에 신임하옵

시기를 바라나이다.)"

묄렌도르프가 조영하에게 배운 조선말로 떠듬거리며 왕에게 아뢰었다.

"하!"

왕은 자리에서 일어나 감탄사를 토했다. 폭력적이라고 알았던 서양인이 자신에게 조아리자 신기하고 기특했다.

"전하 목인덕에게 상궁을 보내겠습니다. 관복과 관모를 내리려 하옵니다. 그래야 자신이 전하와 조선의 신하라는 사실을 새길 것입니다."

"좋은 생각인데 목인덕이 받아들일까?."

왕이 가냘픈 왕비의 몸을 끌어안으며 물었다.

"전하를 알현하면서 조선말까지 했다니 받아들일 것이옵니다."

왕비의 목소리가 왕의 가슴에서 울렸다.

왕비가 보낸 상궁은 묄렌도르프에게 닭과 고기, 맛난 과일을 전달하면서 치수를 재었다. 묄렌도르프는 며칠 뒤 은으로 화려하게 장식된 커다란 녹색 비단 상자를 받았다. 안에는 황색·녹색·적색·자색 실로 솔개와 구름을 정교하게 수놓은 관복이 들어 있었다. 화려하고 세련된 훌륭한 관복이었다. 홍색 비단에 금장식을 단 허리띠와 관모도 최고급이었다.

왕은 묄렌도르프가 조선 관복을 입어야 대신들도 거부감이 없을 거라 전했다. 묄렌도르프는 기꺼이 관복과 관모 차림으로 입궐했고, 이후 '목 참판'으로 불렸다.

원세개袁世凱(위안스카이)는 임오군란 때 청군을 이끌고 온 오장경 제독의 막료였다.

원세개는 청국에서 과거시험에 번번이 낙방했다. 관직을 매수하려다 그마저 실패해 북경의 유흥가를 전전하고 있었다. 원세개는 숙부의 친구인 오장경이 자신을 거둬들이자 군사업무에 재능을 보였다.

조선에 와서는 공을 세우기 위해 물불을 가리지 않았다. 대원군을 납치할 때도 오장경이 잠시 주저하자, "지체하면 변이 일어납니다"며 번개같이 대원군을 가마에 태웠다.

임오군란 때는 난군을 토벌한다며 왕십리와 이태원을 급습해 조선 군병에 대한 살육전을 펼쳤다. 그는 권력을 쥐기 위해 사력을 다했고 이홍장의 각별한 신임을 얻었다.

갯벌과 바위투성이인 제물포의 해안가에 해관이 세워졌다. 해관에는 서기clerk를 비롯해 경비와 작은 배를 젓는 보트맨, 정원사 같이 여러 사람이 필요했다. 묄렌도르프가 영어가 가능한 청국인 몇 명을 데려왔지만 크게 부족했다.

조정에서는 영어를 단기속성으로 가르치는 '동문학'을 세우고 조선인을 가르쳤다. 1년 정도 배운 뒤 해관의 보조 서기가 될 자들이었다.

이때 영어로 말하고 쓸 줄 아는 동양 여자가 나타났다. 청국 해관의 총세무사 로버트 하트의 추천장을 받아 온 여자는 보조 서기로 채용됐다. 청국말과 왜어까지 할 줄 알았지만, 어느 나라 여자인지 분명치 않았다. 빼어난 미모였지만 말수가 적고 쌀쌀맞았다.

얼음같이 차가운 그녀의 이름은 율리였다.

동양에서 가장 총명한 여자

"아, 드디어 조선이네요. 이 섬의 이름은 뭐죠?"

"당신을 위한 섬이요. 로즈 아일랜드."

"루셔스 농담이죠?"

"로즈, 정말이야. 섬 이름이 '로즈 아일랜드'야."

1883년 5월 인천 월미도에 미국 군함 모노카시호가 닻을 내렸다.

월미도를 보며 이야기를 나눈 사람은 조선에 첫 부임하는 미국의 전권공사 루셔스 푸트Foote와 그의 아내 로즈였다. 미국 대통령과 국무장관은 "조선에서 무슨 일이 벌어질지 모른다"며 로즈의 조선행을 반대했다. 로즈는 반대를 물리치고 '무자비하고 신비로운 은자의 왕국' 조선에 왔다.

"왕비가 어떤 인물일까 너무 궁금해요. 왕궁의 권력자라면서요?"

푸트 공사가 수염을 쓰다듬으며 끄덕였다.

"동양에서 가장 총명한 여자라 하더군. 유학에 박식하고, 정부 일을 꿰뚫고 있다고 들었소. 대담무쌍하고 왕좌 뒤의 실세라나."

"정말요? 미인이라 하던데 매력적이네요. 잔인하대요?"

"글쎄, 서른두 살이라던데."

"예카테리나는 남편도 죽이고 러시아 황제에 올랐잖아요. 조선의 왕비도 그렇게 할까요?"

"설마… 우선 먼저 한양의 분위기를 보고 오겠소."

푸트 공사가 홍차 향이 남은 아내에게 키스하며 말했다.

푸트 공사는 왕의 따뜻한 환대에 감격했고, 군함에서 기다리던 아내를 데려왔다. 미국은 서양국가 중 처음으로 조선에 단독으로 주재하는 공사를 파견해 왕을 기쁘게 했다. 청국이 조선을 '속방'이라고 떠벌리고 있는 상황이라 부글부글 끓고 있던 왕이었다.

며칠 뒤 로즈는 왕과 왕비를 알현하라는 명을 받았다. 왕비가 보낸 꽃가마는 금색을 칠하고 꽃과 문양이 정교해 보석상자 같았다. 로즈는 미국 공사관 통역인 윤치호와 일본인 하녀를 데리고 궁궐로 향했다.

"초대해주셔서 무한한 영광입니다."

로즈는 호기심에 가득한 눈으로 왕비부터 찾았다.

길고 풍성한 푸른색 치마에 금색 저고리를 입은 왕비는 우아했다. 광휘가 뻗치는 듯했고 넘보지 못할 위엄이 있었다. 진주와 호박으로 장식한 노리개를 늘어뜨리고, 갈가마귀 같은 머리에 화려한 용잠을 꽂았다. 눈빛은 상대를 깊고 예리하게 파고들었다.

왕비는 한양에 처음 들어온 서양 여자를 탐색했다. 대리석 같은 흰 피부, 갈색 눈동자, 금빛 도는 머리털. 왕 앞에서도 얼굴을 가리지 않고 당당하게 있었다.

'서양은 여자에게도 저 같은 당당함을 허용하는가.'

"합중국은 나라가 크고 물산이 풍부해 많은 것이 발달했다고 들었어요."

왕비는 로즈에게 묻고 싶은 게 많았다.

"예."

"큰 배도 만들고, 군대도 강하다지요? 여자들도 사내처럼 똑같이 배울 수 있다니 부럽습니다."

"신의 은총을 받아 자유를 누리며 원하는 삶을 살고 있습니다."

"정말 여자도 사내처럼 똑같이 배울 수 있습니까?"

"예, 그렇습니다. 왕비 전하."

'자유를 누리며 원하는 삶을 산다.'

'합중국으로 직접 가 개명된 사회를 볼 수 있다면 얼마나 좋을까.'

'여자도 남자와 똑같이 공부할 수 있다고?'

그날 밤 왕비는 로즈를 만난 충격에서 헤어나지 못했다. 왕비는 식은땀을 흘리며 창 너머 밤하늘을 올려다보았다. 모두가 잠든 밤, 홀로 외로이 깨어있는 듯했다.

'여자도 남자와 똑같이 공부할 수 있다… 얼마나 멋진 삶인가.'

'조선에서도 여자가 공부할 수 있게 만들 거야. 합중국에 군사교관을 보내 달라고 해야겠어. 서양 무기도 사들이고.'

왕비는 떠오르는 생각에 점점 정신이 또렷해졌다. 멀리서 부옇게 날이 밝아오고 있었다.

"이게 뭔가요?"

왕비는 로즈가 답례로 선물한 햄을 들고 냄새를 맡아보았다.

"한번 드셔 보세요. 햄이란 것입니다."

"햄?"

"예. 돼지고기를 소금에 절인 다음 훈연해서 만든 것입니다."

"먹는 고기인 셈이군요."

왕비는 상궁이 올린 젓가락으로 햄 조각을 씹어 보았다.

"짭조름하네요. 왜 이렇게 만드나요?"

"돼지를 도살한 뒤에도 오랫동안 먹을 수 있어서입니다. 여름이나 겨울에도요."

"오래 먹을 수 있단 말인가요?"

"조선에서는 돼지를 도살하면 며칠 내로 먹어야 하지요? 햄으로 만들면 영양가 있는 고기를 오래 두고 먹을 수 있습니다."

"좋은 방법이군요. 조선에선 장에 담가 오래 먹긴 하지만…."

"미국에선 소와 돼지 수만 마리를 목장에서 길러 우유와 치즈를 만들고 햄을 만든답니다. 조선도 목장에서 많이 키워 가공해 먹으면 영양 섭취가 좋아질 겁니다. 조선에 오는 서양인들이 먹을 것 때문에 곤란한데 그게 해결되면 기꺼이 올 겁니다."

왕비는 햄을 맛보며 서양식 목장을 상상했다. 백성들이 귀한 고기를 풍족하게 먹을 수만 있다면 얼마나 좋을까.

푸트 공사는 미국과의 우호를 위해 보빙사를 본국으로 보내달라 요청했다.

왕비는 민영익을 보내기로 했다.

"영익이는 합중국에 가면 빠짐없이 잘 보고 오너라. 군을 훈련시킬 교관을 반드시 보내달라고 요청하거라."

왕은 단단히 일렀다.

"예, 전하."

"합중국은 세계에서도 강국이니 발달한 문물을 잘 보고 오너라. 젊은이를 가르치는 학당이 어떤 건지, 여자들은 어떻게 가르치는지 잘 살피고 오너라."

"예, 중전마마."

"소와 돼지를 많이 몰아 키우는 목장도 잘 조사해 오고."

"목장이라 하셨사옵니까, 마마?"

"소와 돼지 수천 마리를 목장에서 키우고 오래 먹을 수 있는 음식으로 만든다고 한다. 백성들은 고기 먹는 게 늘 부족하니 자세히 보고 오너라."

민영익은 분부하는 바를 붓으로 열심히 적었다.

"유길준도 데려가 거기 대학에서 공부하게 하거라. 앞으로는 유학생을 합중국에 보낼 것이야. 그래야 서구문물을 제대로 배워 조선에 곧바로 들여올 거 아니냐."

합중국에 유학생을 보내는 건 굉장한 비용이 들었지만 강행하기로 했다.

1883년 11월 도쿄.

로쿠메이칸鹿鳴館 개관식에 각국 외교관들과 일본 황족, 고위 관리 1,200여 명이 모여들었다. 외무경 이노우에 가오루가 열강과 맺은 불평등 조약을 개정하기 위해 르네상스식으로 지은 초호화 영빈관이었다. 일본이 서양과 대등하다는 걸 과시하기 위함이었다. 불평등 조약을 개정하는 게 메이지 정권의 자존심이자 최대 과제였다.

로쿠메이칸에는 알현실 · 흡연실 · 연회장 · 무도회장이 갖춰졌다. 샹들리에와 최고급 화병, 고급 대리석 내장으로 탄성을 자아냈다.

"일본의 눈부신 발전을 보여주는군요."

외교관들이 이노우에에게 칭찬을 늘어놓았다. 기녀 출신으로 이노우에의 부인이 된 다케코는 '로쿠메이칸의 꽃'으로 미모를 과시했다.

갑작스레 서구식으로 꾸몄지만 드레스를 입고 댄스를 추는 숙녀까지 갖출 수는 없었다. 하는 수 없이 게이샤에게 댄스를 가르쳐 들어오게 했다.

이노우에와 이토 히로부미의 간절함에도 불구하고 외국과의 조약 개정은 실패했다. 열강의 외교관들이 연회만 즐기고 조약 개정에는 냉담했다.

이노우에는 "서양을 흉내 내느라 국고만 축냈다"며 거센 비난을 받았다. 건축비로 18만 엔이나 들고, 황후와 부인들의 드레스를 사느라 십수만 엔이 들었던 것이다.

"이 자식들 뭐야?"

옆구리에 'Custom' '해관海關'이라 쓴 보트가 물살을 헤치며 날 듯이 다가왔다. 곧바로 청국의 정크선을 가로막자 청국 상인이 소리쳤다. 인천 해관의 검자수鈐字手(검사원)인 독일인 라다거, 힘깨나 쓰는 6명의 수부들이 정크선으로 올라갔다. 호랑이와 율리도 뒤를 따랐다.

"다들 꼼짝 마. 조사할 게 있다."

라다거는 청국 상인이 홍삼을 밀수한다는 제보를 받고 덮친 것이다. 조선에서 가장 귀한 특등품은 홍삼이었다. 최고 관세인 15%를 매기자 밀수가 많았다. 밀수 제보자에게는 매각대금의 최대 3할이라는 엄청난 포상금을 주었다. 이날 밀수 제보자는 율리였다. 라다거가 수부를 시켜 바닥을 뜯으려 하자 청상들이 달려들었다.

"아악."

한 명이 율리의 팔을 비틀려다 따라온 호랑이에게 얻어터졌다. 율리는 나동그라진 청상의 목을 구둣발로 짓누르며 도끼를 집어 들었다.

"다 죽여 버려."

이때 흥분한 청상들이 칼과 낫을 들고 한꺼번에 달려들었다.

탕-.

라다거가 방아쇠를 당겼다. 레밍턴 리볼버에서 흰 연기가 흘렀다.

칼날 위의 댄서

눈앞에 무아가 펼쳐졌다. 하루해가 가라앉기 전, 남은 빛을 가득 드리운 바다는 무심하면서도 광활했다.

인천 해관 항무장 슐츠의 제물포 저택. 독일인 슐츠는 항무장인 만큼 모든 선박이 들고 나는 걸 알아야 한다며 제물포에서 가장 전망 좋은 해망대에 저택을 지었다.

만찬에는 제물포를 찾은 외국인들이 모였다. 나풀거리는 레이스가 달린 드레스를 입은 율리는 몸매가 도드라졌다. 윤기 흐르는 긴 머리를 보기 좋게 올려 작은 얼굴이 더 작아 보였다. 사내들은 웃고 떠들면서도 율리를 훔쳐보았다. 율리는 영어를 하면서 매너가 세련되어 호감을 샀다. 베일에 쌓인 검붉은 장미처럼 알 수 없는 마력을 지닌 여자였다.

슐츠는 청국 정크선에서 벌어진 율리의 거친 활약을 듣고는 만찬에 초대했다. 율리는 입술에 묻은 초콜릿 케이크를 살짝 핥아냈다.

“이번에 중국 가면 이홍장을 만날 거야. 홍수전이 난을 일으켰을 때 우리가 돕지 않았다면 지금의 이홍장이 있었겠어?”

슐츠의 친구라는 영국인은 위스키 잔을 비운 뒤 떠벌리기 시작했다.

“이홍장이 머리가 있으니까 서양 용병도 쓸 줄 알았지.”

“그때 용병부대를 ‘양창대’라 불렀던가?”

슐츠가 덥수룩한 수염을 만지며 물었다.

“기억하는군 캡틴. 영국의 우수한 화기火器로 야만인들을 쓸어줬지.”

“이젠 워낙 거물이라 쉽게 만날 수 있을까?”

슐츠가 슬쩍 찌르자 영국인은 펄쩍 뛰었다.

“무슨 소리야. 내가 저를 얼마나 도와줬는데.”

금발 머리의 다른 영국인은 율리의 옆모습을 훑고 있었다.

“당신은 중국하고 일본에도 오래 있었지요?”

슐츠는 친구의 말이 지루해지자 금발에게 말을 건넸다.

“음.”

금발은 손가락으로 입을 가리며 헛기침을 했다.

“네 그렇습니다.”

"일본 얘기도 들려주시죠. 도쿄는 마치 유럽의 도시 같다면서요. 중국인은 우릴 '서양 원귀'라며 싫어하지만 일본인은 그러지 않다고 들었소. 로쿠메이칸인가? 드레스 입은 여자들이 죽 늘어서 있다던데 가보았소?"

"하하하."

금발은 웃음을 터뜨리다 사레까지 들렸다.

"가관이었죠. 로쿠메이칸에 온 일본 여자들이 공단 드레스는 입었는데 마치 교습을 받고 온 댄서들 같았어요. 생기도 없고 죽 늘어서서 인형처럼 서 있다 춤추는 흉내를 냈죠."

혀가 꼬부라진 영국인이 낄낄거렸다.

"외무경이란 자가 유럽과의 조약을 고쳐보려고 돈을 덕지덕지 발라 세웠는데 실패했죠. 일본 신문은 '춤추는 내각'이라고 비아냥댔어요."

"돈만 허비했군."

슐츠가 시가를 한 모금 빨며 무감각하게 내뱉었다.

"로쿠메이칸에 땅딸한 관료와 귀족들이 연미복이랍시고 입고 서 있는데 어찌나 어색한지… 유럽 흉내는 내는데 소화불량에 걸려 돌아버리지 않을까 싶어요."

"일본인 마음엔 서양에 대한 질투와 선망이 뒤엉켜 있어요."

조용히 앉아 있던 미국인이 한마디 했다.

"니시키에錦絵(판화)를 보면 재밌어요. 일본인을 흰 피부에다 다리가 길쭉한 장신으로 그렸단 말이죠. 자기들이 백인인 줄 알고."

"이토 히로부미는 비스마르크의 시가 피우는 모습까지 흉내 낸다지."

슐츠가 커다란 입을 벌리며 웃어댔다.

일본 영사관의 나가노 교타로가 나타났다.

"늦어서 죄송합니다."

나가노는 사과의 목례를 하고 조용히 앉았다.

"나가노라 합니다."

나가노가 일본어 엑센트가 강한 영어로 율리에게 자신을 소개했다.

"실례지만 숙녀분 이름을 알 수 있을까요?"

"율리라고 해요."

"누가 일본군대의 훈련을 봤는데 무서울 정도로 절도가 있다고 하던대."

슐츠가 나가노를 의식한 듯 화제를 돌렸다.

"일본이 서양을 받아들인 지는 오래됐어요. 예수회가 200년 전부터 활동했잖습니까. 일본은 다이묘들이 서로 영지를 가지고 전쟁과 경쟁을 했어요. 사무라이들이다 보니 서양의 무기를 들여오는데 주저함이 없었죠."

막부의 고문이었다는 프랑스인이 아는 체를 했다.

"내가 있어 보니까 일본은 칼이 권력인 나라입니다."

금발이 술잔을 들며 말했다.

"사무라이가 무서운 건 칼을 휘두를 권력이 있어서죠. 주군을 제외하고 자신보다 아래인 자들에겐 서슴없이 칼을 휘둘러 죽여도 죄를 묻지 않죠."

"호오-."

"아무 때고 칼을 휘둘러 목숨을 뺏을 수도 뺏길 수도 있으니 늘 긴장, 공포 상태로 사는 거지요. 자로 잰 듯이 움직일 수밖에 없죠. 칼날 위의 댄서라고 할까. 하하하."

나가노의 얼굴이 굳어졌다.

만찬장의 사람들은 정원으로 자리를 옮겼다. 나가노는 재빨리 율리의 옆에 자리를 잡았다.

"조만간 따로 차 한잔 할 수 있을까요?"

나가노가 조용히 말했다.

"무슨 일이시죠?"

"일본 영사관과 인천 해관이 협력할 일들이 많아서 티타임에 초대하고 싶습니다."

달빛을 받은 율리의 옆모습은 여신의 자태였다. 바람이 불 때마다 뒤집어지는 레이스 아래 가슴 곡선이 찌릿했다.

"생각해볼게요."

균열의 시작

"그렇지 않사옵니다. 전하."

김옥균의 갈라진 목소리가 대전의 서까래를 치고 울렸다

왕은 움찔 놀라 눈을 둥그렇게 떴다.

"목 참판의 말은 받아들이기 어렵사옵니다."

묄렌도르프와 김옥균은 국고의 심각한 상황을 타개할 방안에 대해 아뢰고 있었다.

왕은 통리교섭통상사무아문을 세워 임오군란 이전에 추진하던 개혁을 서두를 생각이었다. 일본의 압박에다 청국이 밀고 들어온 불편한 상황에서 마음이 급했다. 서둘러 힘을 기르는 방법밖엔 출구가 없었다. 묄렌도르프는 당오전을 주조해야 한다고 주장했고, 김옥균은 이를 반대하며 일본에서 차관을 들여오자고 했다.

“러시아의 표트르 대제도 군대를 키우고 산업화를 위해 돈을 주조했습니다. 다른 나라도 하고 있는 방법입니다.”

“당백전을 생각해보시옵소서. 얼마나 나라가 혼란에 빠졌사옵니까. 소신에게 묘책이 있사옵니다. 일본에서 돈을 빌려 급한 불부터 끄고 이를 갚으면 되옵니다.”

왕은 당백전이란 소리를 듣자 등골이 오싹했다. 천진에 끌려간 대원군도 떠올랐다.

“일본에서 차관을 들여오면 위험해집니다. 일본 정부에 휘둘릴 수 있습니다.”

묄렌도르프는 열강들의 흉계를 잘 알고 있었다. 아직은 난쟁이지만 열강의 흉내를 내는 일본의 검은 속을 꿰뚫어 보고 있었다. 일본이 조선에 간섭을 시작하면 어렵게 얻은 자신의 자리도 언제 날아갈지 몰랐다. 조선 해관의 대우가 훌륭하다는 소문이 퍼져 유럽 귀족들도 원하는 자리가 되었다. 자신에게 부와 명예를 안겨준 조선을 돕고 싶은 마음도 생겨났다.

어쩌면 우아한 왕비를 돕고 싶은 마음이 우러나온 것인지 몰랐다. 난초향이 흘러나오면 왕비가 어디선가 듣고 있다는 표시였다.

왕비는 대단한 지략가였다. 왕비는 그동안 묄렌도르프에게 공을 들여왔다. 이홍장이 묄렌도르프라는 끄나풀을 조선에 심었지만 왕비가 오히려 그를 끌어들였다.

묄렌도르프는 아름다운 왕비를 그리며 연모를 느꼈다. 독일 기사가 고귀한 숙녀에게 바치는 충성이랄까.

조금 열린 장지문 안쪽에서 왕비가 듣고 있었다. 왕 앞에서 언성을 높이는 김옥균, 일본의 돈을 끌어오자는 말에 신경이 바짝 곤두섰다.

'옥균은 어느새 저토록 일본에 기울었지?'

왕비는 김옥균의 언변과 박식함, 젊은 패기에 호의를 가졌다. 지금 김옥균은 당오전 주조에 반기를 들고 있었다.

왕비는 주전鑄錢 당상에 민태호를 정해두었다.

민태호는 금납화를 주장해온 유신환의 제자였다. 세금 체계를 개혁하려면 쌀을 세미稅米로 받는 현물체제에서 돈으로 바꿔나가야 했다.

개항에 대한 기본적인 사고가 가능한 자가 개화정책을 추진하는데 효율적이었다. 당오전을 만들면 쌀값이 요동칠 것은 알지만, 척족인 민태호를 앉혀 왕과 왕비가 강하게 통제하려 함이었다.

김옥균은 왕과 독대할 기회를 잡았다. 왕이 총애하는 내관에게 각별히 부탁한 것이다. 왕비가 자신의 말을 들을 수 없는 기회를 잡아달라고 신신당부했다. 김옥균은 내관 유재현의 환심을 사 충의계 일원으로 만드는 데 성공했다.

김옥균은 위기감을 느꼈지만 계획을 이어나갔다. 박영효는 광주유수로 밀려났지만, 수어사守禦使를 겸한 자리라 병권이 있었다. 이리저리 병력을 모아 1,000명을 일본식으로 훈련시키기 시작했다. 일본 군사학교에서 배운 신복모가 이들의 훈련을 맡았다.

"전하, 제가 일본으로 가 차관 300만 엔을 끌어오겠사옵니다."

"경이 어찌 300만 엔이나 끌어올 수 있소?"

"울릉도 벌채권과 고래 포획권을 담보로 하면 되옵니다. 동쪽과 남해 섬의 토지도 있사옵고 광산 개발권을 준다면 성사될 것이옵니다."

"음…."

왕은 이미 당오전 주전을 결정한 상태였다. 홍순목도 당오전 주전을 주청했다. 묄렌도르프에게 독일의 주전 기계를 사오도록 명했다.

왕은 당오전으로 쌀값이 폭등해 나라가 어지러워질까 속앓이를 하고 있었다.

"소신에게 전하의 신임장을 내려주시면 반드시 해낼 수 있사옵니다. 일본 조야의 거물들을 두루 알고 있사오니 가능하옵니다."

김옥균은 이토 히로부미를 만나고 고토 쇼지로, 제일은행장인 시부사와 에이이치를 알고 있었다. 외무경인 이노우에 가오루 역시 익히 알고 있었다.

이토 히로부미는 김옥균과 박영효를 주의 깊게 대했다. 후쿠자와 집에서 만난 오카모토 류노스케도 도움을 줄 만한 인물이었다.

왕은 김옥균의 자신에 찬 말을 듣자 솔깃해졌다.

"그렇다면 경을 믿어보겠소."

일본의 백제 무녀

쩌렁-.

주홍 치마에 새하얀 상의를 입은 무녀가 오른손의 방울을 흔들었다. 12개의 방울이 달린 신령神鈴이었다. 얼음같이 투명한 공간 사이로 방울 소리가 진동했다. 왼손에 부채를 든 무녀의 춤은 오신무娛神舞였다.

쩌렁-.

신령 소리에 숲속의 고요와 청정함이 하늘로 솟았다. 나가노 교타로는 사람들 속에 묵묵히 바라보았다.

귀실신사鬼室神社의 오신무.

왜국으로 건너온 백제인 귀실집사鬼室集斯를 기리는 이 신사는 1,000년 넘게 무녀가 추는 오신무를 바쳐 왔다. 오신무를 추는 무녀는 세습되었다. 나가노 교타로는 무녀의 오신무를 보기 위해 도망치듯 이곳으로 왔다. 어릴 적 외가에 오면 할머니 뒤에 숨어 훔쳐보곤 했다.

'내 몸에 백제의 피가 흐르고 있을까?'

히노초日野町 주변에는 백제인의 지배층이 대거 건너와 살았다. 나가노 교타로는 한 번도 할머니에게 이를 묻지 않았고, 할머니도 말하지 않았다. 나가노는 어릴 적부터 조선에 대한 호기심이 많았다. 난학을 한 아버지가 서양 유학을 권했지만, 쓰시마를 거쳐 부산 왜관에서 조선어를 배웠다. 외무성에 들어간 것도 조선에 오래 머물고 싶어서였다.

현실은 달랐다. 매일같이 지독하게 정보보고를 독촉 받는 게 싫어졌다. 외무성의 의도는 결국 조선을 짓밟아버리겠다는 계획이었다. 일본에 온 김옥균을 도와주면서 정보를 수집하라는 지시였다.

김옥균은 거물 후쿠자와 유키치에게 의지하고 있었다.

'김옥균은 후쿠자와의 속셈을 알고 있을까?'

나가노는 후쿠자와가 한 말을 기억했다.

"김옥균은 성격이 매우 급하고 자신이 언제나 옳다고 생각하지. 자신과 생각이 다른 사람은 용서하지 않아. 자신이 대단한 권한을 갖고 있는 듯 행동하는 게 그의 특징일세."

김옥균 앞에서는 전혀 다른 말을 했다.

"공은 내가 듣던 대로 기예가 보통이 아니고 용감합니다. 공이 진정으로 뜻하는 바가 자신이나 가족에 있지 않고 조국의 흥륭과 부강에 있으니 감복합니다."

후쿠자와는 정한론을 부르짖은 고토 쇼지로 같은 사기꾼을 김옥균과 연결시켜주고 있었다. 후쿠자와는 김옥균이 엄청난 양의 도검과 화약을 구매할 때도 적극 도와주었다.

'김옥균은 고토 쇼지로가 정한론자라는 전력을 모르고 있나? 모르거나 알고도 덤비고 있다면 열등한 인간이지.'

나가노는 조선에 대해 연민을 느꼈다. 일본 제국을 위해 목숨을 바쳐야 하는 자로서 어울리지 않는 센티멘탈리즘이었다.

'옥균이 일을 저지르는구나.'

왕비의 반달 같은 눈이 파르르 떨렸다. 김옥균이 300만 엔을 빌리기 위해 위임장을 흔들며 일본 요인과 접촉하고 있다는 첩보가 들어왔다.

'300만 엔이라니.'

300만 엔은 일본 예산의 2할에 이르는 막대한 돈이었다. 왕은 김옥균의 말을 믿고, 임오군란 이전에 추진하려 했던 개화를 완성하고 싶어 일본 차관에 동의했다.

왕비는 김옥균과 박영효를 주시하고 있었다. 수신사였던 박영효와 김옥균은 일본 정부에 17만 엔을 빌려 그중 5만 엔은 임오군란 배상금으로 사용했다. 나머지 돈의 행방은 불투명했다. 조선 유학생 교육비와 체재비로 썼다 하지만 자세히 아뢰지 않았다. 김옥균은 돈 씀씀이가 커 일본 정치인들도 놀라게 했다.

'이리 떼 같은 일본은 멀리하고 땅에 대한 침략 야욕이 없는 합중국 같은 나라와 손을 잡아야 하는데.'

왕비의 가슴에서 뜨거운 한숨이 터져 나왔다.

왕의 거처에는 통리기무아문 때부터 젊은 주사들이 수시로 들어와 일을 논의했다. 개화를 추진하기 위해 외국말에 능하고 서양 문물을 아는 자들을 발탁했다. 서얼이거나 역관, 무관, 상인이라도 상관하지 않았다.

"왜어를 조금이라도 할 줄 아느냐?"

이범진은 왕의 묻는 말에 진땀을 흘렸다.

"영어도 못할 테고…."

"황송하옵니다."

왕의 총애를 받는다는 소리를 듣는 이범진이었기에 몸 둘 바를 몰랐다.

"내가 중요한 걸 알려줄까요? 앞으로는 아라사와의 관계가 중요해질 테니 그쪽으로 관심을 가지세요."

왕비가 이범진을 바라보며 말했다.

"목인덕이 위패(웨베르 러시아 공사)와 친하게 지냅니다. 이들에게 많이 물어보세요."

이범진은 왕비의 말이 가슴이 철렁할 정도로 울렸다.

"망극하옵니다. 중전마마."

왕비는 민영익을 시켜 묄렌도르프를 불렀다.

"중전마마께서 목참판의 노고를 치하하시기 위해 부르셨소."

왕비는 내려진 발 너머로 묄렌도르프를 바라보았다.

"덕국의 극로백(크루프)포를 사기 위해 전하와 상의 중이니 값을 잘 알아봐주세요. 구라파에서도 덕국이 만든 대포가 가장 정교하고 단단하다고 생각합니다."

왕비는 중국에서 나온 크루프포에 대한 책《극로백포설》을 자세히 읽었다. 중국도 처음엔 영국의 암스트롱포를 구입해 쓰다 우수성이 입증된 크루프포로 바꿔 구매하고 있었다.

프로이센과 프랑스의 보불전쟁을 다룬《보법전기普法戰紀》를 보면 결국 정예한 무기가 나라의 승패를 좌우했고 여기서도 크루프포가 중요한 역할을 했음을 알 수 있었다. 이홍장이 크루프포로 북양군을 무장한 이유도 여기에 있었다.

"탁월한 생각이십니다. 중전마마."

묄렌도르프는 왕비의 안목에 거듭 탄복했다.

왕비의 지시를 받은 묄렌도르프는 다케조에 공사를 만나 김옥균이 가진 국왕 위임장은 날조된 것이라고 밝혔다. 가뜩이나 개화당과 거리를 두던 다케조에 공사는 이노우에 외무경에게 즉각 보고했다.

동경에서 왕의 위임장을 들고 차관 교섭을 벌이려던 김옥균은 하루아침에 냉랭해진 이노우에와 일본 인사들의 태도에 경악했다. 일본 제일은행은 10만엔 정도는 빌려줄 수 있으나 외무경의 보증이 필요하다 했다. 이노우에는 차갑게 거절했다.

다급해진 김옥균은 후쿠자와 유키치에게 사정을 호소했다. 후쿠자와는 고토 쇼지로와 김옥균을 연결시켜주었다.

고토는 이타가키 다이스케와 함께 자유당을 대표했다. 이토 히로부미, 이노우에 가오루 같은 메이지 실세들이 권력을 독점하자 '자유' '민권'을 들고서 야당을 자처한 자였다.

고토 쇼지로는 호언장담했다.

"돈 100만 엔을 가지고 동지들을 데리고 가 조선의 잡배들을 다 때려잡겠소. 대신 조선의 개혁은 나 고토 쇼지로에게 모두 맡긴다는 조선 국왕의 편지가 필요합니다."

"알겠습니다. 반드시 받아오겠습니다."

김옥균은 고토의 손을 잡았다.

고토는 김옥균에게 장담한 100만 엔은커녕 10만 엔도 모을 수 없었다. 이노우에 가오루가 야당 파괴 공작을 벌이기 위해 미끼를 던진 상대도 고토 쇼지로였다. 고토는 재벌 미쓰이에게서 받은 정치 공작 자금을 물 쓰듯 했다.

김옥균을 만나 일을 꾸밀 기회를 얻은 고토 쇼지로는 프랑스 공사 상크이치를 찾아갔다.

"조선에서 큰 변란이 일어나면 청국과 전쟁 중인 프랑스가 유리해질 겁니다. 지금이야말로 불쌍한 조선을 청으로부터 독립시킬 기회입니다. 이를 이루기 위해 프랑스가 100만 엔과 동양함대 군함을 제공해 주십시오."

상크이치는 프랑스 동양함대 제독과 상의한 끝에 긍정적으로 반응했다.

고토는 조선 국왕의 친서 없이 100만 엔과 낭인과 장사들을 모으기 시작했지만 순조롭지 못했다.

정치광과 사기꾼

"전하, 냉면을 더 올릴까요?"

왕이 냉면의 동치미 국물까지 마시자 왕비가 미소를 띠며 물었다. 왕은 맵고 짠 것을 싫어해 배즙을 곁들인 동치미 국물에다 편육과 잣, 배를 얹었다. 왕은 냉면을 좋아해서 밤참으로 자주 내왔다.

"그만 됐소."

"요즘 금릉위가 괴이하옵니다."

"금릉위가 어떻단 말이오?"

"사람을 모아 훈련을 시키고 있다 하옵니다."

"광주는 수어청守禦廳이 있는 곳 아니요. 병사들을 훈련하는 건 당연하지."

"100명을 따로 모집해 제 돈 써가며 왜식으로 훈련하고 있사옵니다. 금릉위가 교동궁을 일본 공사에게 판 것도 수상하고요."

박영효가 일본 공사에게 자신의 저택인 교동궁을 판 사실을 왕비가 안 것이다.

"기특한 일 아니오? 한성판윤에서 면직시켜 마음이 불편했는데."

"전하, 금릉위가 양성하고 있는 것은 사병이옵니다."

"사병?"

'사병'이란 말이 섬뜩했다.

"사병은 역심을 품고 있다는 징조입니다."

"지나친 생각이오. 중전은 매사에 너무 과민해서 탈이야."

왕은 상궁을 부르려 했다. 왕비는 벌떡 일어나 침전의 문고리를 잠가 버렸다.

"금릉위가 힘깨나 쓰는 무리를 모으고 있사옵니다. 옥균은 일본에서 수상한 자들과 만나고 있고요. 옥균이 일본에서 부산해관으로 엄청나게 많이 부친 짐들도 괴이하옵니다. 게다가 두 사람은 주위에 수상한 자들을 몰고 다니고 있사옵니다."

"어찌하면 좋겠소?"

왕은 짜증 섞인 목소리를 냈다.

"금릉위를 광주유수에서 끌어내십시오. 윤허를 듣기 전엔 문고리를 풀지 않을 것이옵니다."

"신하들과 의논해보겠소."

"금릉위가 키우고 있는 사병이 100명에서 1,000명까지 불어났사옵니다."

"1,000명?"

그제서야 왕의 표정이 심각해졌다.

"왜 1,000명인 줄 아시옵니까? 지금 한양을 지키는 좌영이 600명, 우영이 600명이옵니다. 좌우영 군사를 합친 1,200명을 당해내려면 1,000명은 필요하기 때문입니다."

왕은 가슴이 철렁 내려앉았다.

박영효를 광주유수에서 면직한다는 왕명이 내려졌다.

"요즘 세상이 어떻게 돌아가고 있어요? 김옥균과 민영익은 거의 일 년만에 일본과 미국에서 오는 거 아네요? 돌아가는 걸 알아야 돈도 벌지."

율리는 손을 나가노의 손에 얹으며 말했다.

"뭘 그리 알고 싶소."

"세도가 민영익과 일본당 김옥균도 알아야죠. 원세개 쪽도 알아야 돈 좀 벌지 않겠어요?"

"해관 월급도 적지 않을 텐데 욕심이 많군."

"흥, 그 정도가 뭘 많다고 그래요. 드레스 한 벌도 못사는데."

"드레스 안 입어도 당신은 너무나 아름답소."

율리가 귀엽게 흘겨보았다.

"김옥균이 일본 가서 돈은 빌렸대요?"

"말이 300만 엔이지 그만한 돈을 누가 빌려주겠소."

"김옥균은 일본에서도 유명하잖아요."

"김옥균은 글렀어."

"왜요?"

"고토 쇼지로 같은 사기꾼한테 속으니 하는 말이지. 고토야 말로 으뜸가는 사기꾼인데 당하는 줄도 모르고… 하기야 김옥균도 허장성세가 많으니까 죽이 맞는지 모르지. 김옥균이 일본도 수십 개를 살 때 후쿠자와가 도왔다더군. 무슨 일을 꾸미는지…."

나가노는 취해 비밀 보고 내용을 술술 말했다.

"김옥균. 그 작자가 청국에서 벗어나야 한다고 난리지만 고토 쇼지로가 누군 줄 알아. 정한론을 외쳤던 장본인인데 그자의 도움을 얻겠다니. 오카모토 류노스케도 음흉하기가 이를 데 없는데 그런 자들과 손발을 맞추고 있는 자가 김옥균이야."

이토 히로부미는 고토 쇼지로에게 최고급 궐련을 권했다.

"아! 역시 맛이 다르군."

이토는 고토 쇼지로가 김옥균을 내세워 돈을 모금하고, 폭력배들을 모으고 있다는 정보를 들었다.

"지금같이 국제 정세가 어지러운데 일본 국내가 분열되는 건 안타까운 일일세. 나는 여당과 야당이 함께 하는 거국일치 정권을 생각하고 있네. 자넨 협력할 마음이 있는가?"

고토는 슬쩍 떠보는 이토의 말에 속으로 쾌재를 불렀다.

"조선에도 무게감 있는 사람을 공사로 보내야 하는데 다들 안가겠다고 하니 하는 수 없이 비중이 낮은 다케조에를 보낸 걸세."

이토는 속사정을 털어놓듯 말했다.

"다케조에는 별 도움이 되지 못할 거야. 만약 나에게 조선 공사 자리를 맡긴다면 정한론 이후 속앓이를 해온 화근을 단번에 제거할 수 있을 텐데."

고토의 말에 이토가 반색하며 말했다.

"그럼 자네가 조선 공사로 갈 생각이 있는가? 그렇다면 나야 더 이상 든든할 수 없지."

"자네 진영에서 날 찬성할까?"

고토가 은근히 걱정스런 표정으로 물었다.

"걱정 말게. 내 반드시 자네를 추천해 공사로 가게 하겠네. 자네 말을 들으니 이제야 마음이 놓이네."

고토는 이토의 말에 넘어가 흥분한 나머지 김옥균과의 비밀을 털어놓았다.

"사실은 김옥균과 밀약을 맺었어. 조선의 친일파를 지원하는 계획이 진행돼 사람과 자금을 준비했거든."

이토 히로부미는 즉시 이노우에 가오루를 찾아가 이를 알렸다.

"고토 같은 자유당파들이 조선에서 정변을 성공시킨 뒤 그 여세를 몰아 일본 정계를 뒤집겠다는 꿍꿍이군. 그냥 놔둘 순 없지."

조슈 출신으로 정권 핵심인 이노우에와 이토에게 고토와 김옥균의 밀약은 극히 위험했다.

정한론을 주장한 사이고 다카모리는 서남전쟁을 통해 일본인에게 영웅으로 그려졌다. 역시 정한론을 주장한 이타가키 다이스케와 고토 쇼지로는 야당으로 돌아섰지만 이타가키는 대중적 인기가 높았다. 정한론은 양측의 뜨겁고 미묘한 숙제였다.

고토 쇼지로가 김옥균과 손을 잡고 공을 세우기 전에 이토는 먼저 손을 써야 했다. 김옥균을 이용해야 했다. 설사 청국과 맞붙더라도 이젠 자신감도 생겼다.

이노우에는 다케조에 공사에게 지시를 내렸다.

"조선으로 가면 김옥균과 개화당을 적극 도와주시오."

개화당 달래기

한성은 이범진의 사건으로 떠들썩했다.

사건은 청국 상인들이 회관을 세우기 위해 회현방 낙동에 있는 이범진의 집에 눈독을 들이면서 시작됐다. 이범진의 집은 4촌과 8촌의 집 가운데 있었다. 4촌과 8촌은 청상들에게 집을 팔았지만 이범진은 우여곡절 끝에 거부했다. 청상 40여 명이 몰려가 이범진을 마구 폭행한 뒤 청국 공서公署로 끌고 갔다. 이범진은 치욕적인 심문을 당하고 집을 팔겠다는 각서까지 강요당했다.

〈조청상민수륙장정〉에도 조선인 관리를 체포하거나 심문할 때는 국왕의 허가가 있어야 한다는 명문이 있었기에 조정과 백성들의 감정은 폭발했다. 이범진은 전직 사간원 정언이었기에 파문은 더욱 컸다. 청국이 강요한 불평등한 〈장정〉 때문에 청국 상인들은 전국을 파고들었고 조선 상인들은 신음하고 있었다.

왕과 왕비는 크게 분노했다.

"전하, 이번 일은 두고 볼 수 없사옵니다. 저들이 조선을 우습게 볼 것이옵니다."

왕은 외아문에 청국 외교관 진수당에게 강력히 항의할 것을 명했다. 진수당은 이범진이 먼저 잘못을 저질렀다며 발뺌을 하다, 폭행 주동자를 징계하는 것으로 사건을 무마했다.

"이범진도 국체를 손상했으니 삭탈관직해야겠소. 왈패의 기질이 있더니 매사에 조심하지 않고 얻어맞기나 하고."

왕은 이범진이 측은하면서도 청국과의 관계를 생각할 때 불편하기 짝이 없었다. 당장 조선 관리에게 모욕을 가한 놈들을 때려잡아 넣고 싶었지만 참는 수밖에 없었다.

왕비는 초계를 보내 이범진의 상태를 알아보게 했다.

"청국놈들이 두들겨 패서 일어나지도 못한다 하옵니다."

"정말이냐?"

"사람 하나를 두고 수십 명이 달려들었으니까요."

'얼마나 맞았길래….'

왕비의 마음이 칼로 찌르듯 아팠다.

"장죽을 이리 다오."

왕비는 애가 타 장죽을 찾았다. 장죽을 보니 이범진에 대한 기억이 몰려왔다.

이범진은 어느 정도 몸을 회복하자 왕 앞에 엎드렸다.

"소신 전하 뵐 낯이 없사옵니다."

"얼굴을 들어 보거라."

"어머나!"

왕비의 입에서 비명 소리가 나왔다. 눈가가 아직도 시퍼렇게 멍이 들었고, 찢어진 입술에는 피딱지가 앉아 있었다.

"저런 몹쓸 놈들. 산에서 수련했다는 네가 그깟 놈들 때려눕히지 못 하느냐."

왕은 이범진의 몰골을 보자 역정을 냈다.

"황송하옵니다. 잘못하다가 제 손에 몇 놈 죽을 것 같아서…."

"에잇. 앞으로는 너도 왈패 같은 성격을 고치도록 하거라."

화가 난 왕은 자리를 박차고 일어나 밖으로 나갔다.

이범진은 왕비와 둘이 남게 되자 괜히 얼굴이 화끈거렸다.

"당해내지 못하니까 수십 명 패거리가 달라붙었겠지요. 그나마 다행입니다. 마음을 진정하고 차 한잔 드세요."

왕비가 이범진을 위로하며 직접 차를 따라 줬다. 얼굴이라도 봐서 한결 마음이 놓였다.

"황송하기가 이를 데 없사옵니다 중전마마."

이범진은 울컥 목이 메였다.

왕비는 이범진을 바라보며 자신의 잔에도 차를 천천히 따랐다. 순간 임오군란 때 두 사람이 올랐던 국망산이 눈앞에 펼쳐졌다. 내려오던 길에 하늘을 물들이던 저녁 노을.

청화 찻잔에 이범진의 눈물이 떨어졌다.

왕비가 든 찻잔에도 눈물이 떨어졌다.

한성의 일본 공사관.

"도대체 공사는 정신이 있는 사람이오?"

일본에서 돌아온 김옥균은 앞에 놓인 다탁을 주먹으로 내리쳤다.

"일본에서 날 아주 몹쓸 놈으로 만들다니."

다케조에는 묵묵히 듣고만 있었다. 이토 히로부미의 당부가 있었기에 펄펄 뛰는 김옥균을 내버려 뒀다.

이토 히로부미는 조선으로 떠나는 다케조에를 불렀다.

"한성에 가면 김옥균과 박영효를 잘 대해주게."

"김옥균은 믿을 수 없는 자입니다."

다케조에가 정색을 하며 이토에게 말했다.

"앞으로 긴요하게 쓰일 자들이야. 남은 배상액 40만 엔도 조선의 개혁을 위해 돌려준다고 말하게."

이토는 청국이 프랑스와 전쟁을 벌이면서 일본이 조선을 장악할 기회가 왔다고 판단했다. 임오군란 이후 청국이 조선을 움켜쥐는 통에 일본인 상인들의 불만이 터져 나왔다.

후쿠자와의 제자이며 고토 쇼지로의 비서였던 가쿠고로도 다시 한성에 가게 했다.

"만약 다른 나라가 조선의 개혁을 돕는다면 공은 어떻게 하시겠소?"

바짝 깎은 머리에 인중이 길어 원숭이상인 다케조에가 김옥균에게 물었다.

"3년 전부터 조선을 개혁하려면 일본의 도움이 있어야 한다고 생각하였소. 그런데 일본 정부의 태도가 이리 자주 바뀌니 믿을 수 있겠소?"

김옥균은 흥분을 가라앉히지 못했다.

"국가의 정략이란 때에 따라 변하고 형세에 맞게 움직이는 것 아니겠습니까. 우리는 공들이 하고자 하는 일을 군대를 동원해서라도 도울 생각입니다."

'요로시.'

김옥균은 속으로 쾌재를 올렸다.

왕은 미국에 군사 교관 파견을 공식 요청해두었다.

4,000명의 병사를 미국 교관의 지휘 아래 신식으로 훈련시

킬 계획이었다. 병사들을 훈련시킬 후장식 소총까지 거금을 들여 사놓은 상태였다. 일본 메이지 정부군이 막부군을 이긴 중요한 무기가 후장식 소총이라 들은 뒤 반드시 이것이 필요하다고 판단했다.

왕비도 후장식 소총이 싸움에서 얼마나 결정적인 역할을 하는지 간파했다.

'후장식 소총 몇 자루만 있으면 조총 든 병사들은 그냥 볏단 쓰러지듯 합니다.'

"전하, 이 총은 무라타 소총입니다. 일본국이 전하께 올리는 선물입니다. 일본군이 현재 사용하고 있는 소총입니다."

다케조에 공사가 왕에게 무라타 소총을 진상했다.

"무라타라는 일본인이 만들었다는 총이지요?"

무기에 관심이 많은 왕은 눈이 번쩍했다. 왕은 내관을 시켜 용상龍床으로 가져오게 했다. 총신에 윤을 낸 것이 일본 군사 기술의 승리를 뽐내는 듯했다. 왕은 하루라도 빨리 강한 군대를 키우고 싶은 마음이 간절했다.

"대군주 전하께 기쁜 소식을 아룁니다. 본국 정부는 임오군란 배상금 중 남은 40만 엔을 조선에 돌려드리기로 했습니다. 조선의 개혁을 위해 사용하실 것을 당부드립니다."

다케조에는 이전의 오만방자한 표정은 사라지고 사근사근해졌다.

"고마운 일이오. 귀국의 호의에 깊은 정을 느끼오."

'김옥균이 일본에 가서 한 일이 저들의 태도를 바꾸었나?'

으르렁거리던 다케조에를 보던 왕으로선 일단 반가웠다.

"김 공의 바둑 실력은 조선에서 따를 자가 없지요?"

김옥균의 별장에 다케조에 공사와 시마무라 서기관, 고바야시 영사, 제일은행 지점장 기노시타, 통역 아사야마가 왔다. 서광범과 홍영식, 윤치호도 와서 술잔을 나눴다.

머리와 수염이 은백색인 유대치는 눈빛을 빛내며 앉아 있었다. 유대치의 술잔에 지나간 시간이 잠겨 있었다. 환재(박규수)의 재동 사랑방에 모여 개화를 이야기할 때가 엊그제 같았는데.

뺨이 복숭아처럼 발그레했던 소년 박영효, 그때도 활달하던 김옥균, 가슴은 활활 거리지만 무뚝뚝한 홍영식….

'드디어 조선이 개화되는가?'

유대치는 중인中人이라는 족쇄를 깨뜨리기 위해 함께 젊음을 태운 오경석이 문득 그리워졌다. 오경석이 북경에서 서양 서책을 구해오면 유대치는 이를 읽고 김옥균과 개화당에 읽혔다.

오경석의 말이 옳았다.

'북촌 양반 자제들에게 개화를 가르쳐야 세상이 바뀔 걸세.'

김옥균은 시마무라와 단둘이 조용한 곳으로 옮겼다.

"시마무라 상 우린 모든 일을 결정했습니다."

김옥균의 목소리가 차분하게 깔렸다. 명치끝이 찌르르했다.

"참말입니까. 잘 됐습니다."

시마무라가 크게 반색하며 손뼉을 쳤다.

김옥균과 칼잡이

박영효는 심복인 이을석에게 김옥균을 불러오게 했다.

"운미(민영익의 호)를 만나보셨습니까?"

박영효는 김옥균에게 다급하게 물었다.

"나를 일부러 피하는 게 미국 가기 전과 아주 달라졌소."

"갑자기 무슨 일일까요?"

"운미가 사대당으로 되돌아간 것 같소."

"어찌하면 좋겠습니까? 중전이 우릴 감시하고 있는 듯한데…."

"기죽을 필요 없습니다. 일본이 우릴 도울 겁니다."

"미국에서는 아직도 소식이 없는가?"

왕은 민영익을 불러 물었다. 왕은 군사 교관이 오면 곧바로 훈련에 들어가기 위해 후장식 소총까지 사놓은 상태였다.

"미국이 조선에선 득을 볼 게 없다고 계산한 듯하옵니다."

왕비가 대신 말했다.

"청국에 군사 교관을 지원해달라고 하는 게 나을 듯하옵니다. 전하."

민영익은 고개를 들지 못하고 아뢰었다.

"일이 급하니 청군의 교관을 청하시지요. 그리고 아라사와 교섭을 해보아야 할 듯하옵니다."

"아라사?"

왕은 왕비와 민영익의 얼굴을 번갈아 쳐다보았다.

왕비는 전날 묄렌도르프를 불러 긴밀한 이야기를 나눴다. 묄렌도르프는 미국이 조선을 돕지 않는다면 러시아와 손잡는 게 청의 압제에서 벗어나는 길이라고 말했다.

독일인인 묄렌도르프는 조국의 국익을 생각하지 않을 수 없었다. 독일로선 프랑스와 동맹을 맺은 러시아를 조선으로 끌어들여야 했다. 프랑스가 러시아와 손잡고 독일을 위협할 경우 위태로웠다.

"김 교리가 여기저기 사람을 많이 심어놨사옵니다."

왕비는 대전 내관인 유재현을 향원정으로 불렀다. 김옥균은 왕의 동정을 엿보기 위해 왕의 총애를 받는 유재현을 충의계로 포섭했다. 하지만 유재현은 왕비의 명을 따르고 있었다.

"궁궐에도 궁녀 몇 명이 그 패인지 모르옵니다. 저들은 충의계라 부르옵니다. 무관 중에도 몇 명 있사옵니다. 윤치호도 아직 어리지만 어울리고 있사옵니다. 왜국에서 배우고 온 사관생도들은 김옥균과 금릉위의 지시를 따르고 있사옵니다."

유재현에게 기막힌 말을 들은 왕비는 가슴이 떨렸다.

"또 무슨 일이 있는가?"

"김 교리 집에 왜인들이 몇 명 묵고 있는데 매일 칼을 다듬는 게 예사롭지 않사옵니다."

"왜인들이 묵고 있다고?"

"예, 중전마마."

왕비는 몸에 소름이 돋았다. 일본도를 쓰는 소시壯士가 아닌가. 소시들은 몰락한 사무라이들로 몰려다니며 청부 폭력을 저지르는 자들이었다.

김옥균이 어찌 소시들을 불러들였나. 일본에서 짐을 50 궤짝이나 들여온 것도 괴이했다.

'옥균이 모의를 하고 있구나.'

"이랴."

김옥균이 힘차게 달리자 모두 침을 삼키며 바라보았다. 김옥균이 시서화에 능한 줄은 알았지만 말까지 잘 탈 줄은 몰랐다. 듣기로는 일본 천황 앞에서 활쏘기 실력을 뽐냈다고 했다.

"준걸은 준걸이야."

이인종이 김옥균을 향해 말했다.

10여 명이 양주 박영효의 별장에 모였다. 영혜 옹주의 묘막으로 박영효가 바람을 쐬러 다니는 별장이었다. 왕명을 받은 박영효와 김옥균이 주선해 일본 유학을 다녀온 자들이었다. 광주유수로 있을 때 일본식 군사 훈련을 받은 자들도 왔다.

"귀한 술 한잔 받게."

무리를 이끌다시피한 이인종이 은잔에 술을 조심스레 따랐다. 날카로운 향이 코를 찔렀다.

"뭔 술인데 이렇게 벌벌 떠시나요?"

"위스키라는 서양 술이야. 금보다 더 비싸고 귀한 거야."

박영효가 웃으며 말했다.

"아이쿠 나으리, 어째 이래 귀한 걸 저 같은 쌍놈한테 주셔유?"

"세상이 바뀌면 자넨 쌍놈이 아니야, 관직도 받을 수 있다구."

"참말입니까?"

그는 벌겋게 된 눈으로 박영효를 바라보았다. 강철 벽을 긁어대는 간절한 눈빛이었다.

"금릉위의 말씀이 거짓이면 어찌 이리 귀한 술을 내리시겠나. 어서 쭉 들이키게."

이인종이 턱으로 가리키며 재촉했다. 모두 숨을 삼키며 한 마디도 놓치지 않았다.

"옛."

그는 단숨에 위스키를 들이켰다. 금 조각으로 목구멍을 긁어내리듯 날카로웠다.

"캬. 뒈질 만큼 뜨겁네요."

"궐련도 한 대씩 나눠주게."

"예엣? 궐련이요?"

궐련이라면 나라님이나 세도가들이 피우는 거 아닌가. 모두 입이 쩍 벌어졌다.

"에고 이렇게 귀한 걸."

"아무렴 나라를 일으킬 동지들인데 뭐가 아깝겠나."

말에서 내린 김옥균이 호탕하게 내질렀다. 양반과 맞담배를 피다니 상상할 수도 없는 일이었다.

"양반 쌍놈의 귀천이 없어지는 거야."

상놈으로 살아온 이들은 가슴이 활활 타올랐다. 표독스런 양반을 보면 경을 치기 전에 숨기 바빴던 날들이었다. 김옥균과 박영효가 자신들을 사람으로 대해주고 있었다.

새 세상, 황금빛 신세계였다.

위스키에 목구멍이 긁히고 궐련 한 모금에 머리가 핑 돈 자들이 꺼이꺼이 울기 시작했다.

"쇤네 당장 죽어도 원이 없습니다."

창덕궁에 들어선 김옥균의 발걸음은 날 것만 같았다. 천황의 생일인 천장절天長節을 맞아 일본 공사관에서 열린 축하연이 기쁨을 안겨주었다.

"일본 정부는 조선의 독립을 반드시 도울 것입니다. 여러분이 뭔가를 도모한다면 우리도 소홀히 하지 않을 겁니다."

시마무라가 김옥균에게 지원을 약속했다. 김옥균은 일본에 머물다 온 다케조에가 호의적으로 변한 것은 일본 정부가 자신들에게 힘을 실어주겠다는 신호라고 생각했다.

후쿠자와가 보내준 칼 80자루도 수중에 안전하게 들어왔다. 후쿠자와는 구하기 힘든 다이너마이트를 조선에 들여오는 데 큰 도움을 줬다. 일본에서 데려온 검객과 장사들도 잘 숨어 있었다.

김옥균은 후쿠자와의 집에 기거하면서 많은 교감을 나눴다.

'일본의 메이지유신처럼 조선도 대경장을 이뤄보시오. 지금 일본의 이토 히로부미나 이노우에 가오루를 보시오. 유신 때 몸을 던져 지금 저렇게 군림하고 있으니.'

일본 근대화의 주역은 후쿠자와 자신인데 과실은 이토와 이노우에가 따먹었다는 뜻이었다.

'일생에 다시없는 기회를 놓치지 말라는 충고가 아니겠는가.'

김옥균이 든 보자기에는 일본에서 가져온 그림책이 들어 있었다.

한 권은 조선의 땅을 열강들이 갈갈이 찢어 나눠 갖는 그림이고, 다른 그림은 아편으로 드러누운 청국을 열강들이 질질 끌고 가는 그림이었다. 왕에게 소름 끼치는 그림책을 보여줄 참이었다.

'유재현 그놈이 중전의 첩자인 줄 누가 알았나. 거사를 앞당길 수밖에 없다. 청국과 민씨 척족을 몰아내 나라를 개혁하리라.'

민영익이 개화당을 몰살하려 한다는 소문이 파다했다.

김옥균의 발걸음은 더욱 빨라졌다.

피의 파티

1884년 12월 4일 우정국 개국 축하연.

홍영식의 초대를 받은 외교관과 대신들이 축하연에 나타났다. 푸트 미국 공사 · 애스턴 영국 영사 · 진수당 · 묄렌도르프가 참석했다. 민영익과 이조연, 한규직, 김홍집이 속속 도착했다.

"실례지만 공사님께서는 몸이 불편하셔서 저만 왔습니다."

시마무라 히사시 서기관이 고개를 숙이며 양해를 구했다.

우정국이라는 서구식 기관을 열면서 외교관들을 부른 자리라 음식은 미우라야에게 맡겼다. 미우라야는 도쿄 긴자에서 영업을 하고 있는 고급 양식당이었다. 특별히 위스키와 서양식 햄, 버터가 나와 축하객들을 만족시켰다. 술잔이 오가고 연회가 무르익었다.

테이블 가운데에 시마무라 서기관과 나란히 앉은 김옥균의 눈빛이 번쩍했다.

"천天을 아십니까?"

김옥균이 시마무라와 잔을 부딪치며 물었다.

'천'은 이 날의 암호였다.

김옥균은 시마무라에게 암호를 대며 뚫어질 듯 쳐다보았다.

"요로시."

시마무라의 눈이 이채를 띠었다.

홍영식은 손님을 접대하면서도 긴장감으로 온몸이 뻣뻣했다. 박영효는 술을 마시는 척 입만 대고는 내려놓았다. 수시로 창문 너머를 쳐다보며 좌중을 지켜보았다.

"불이야!"

우정국 바깥에서 고함소리가 들렸다.

펑!

굉음과 함께 창문 너머로 커다란 불길이 치솟았다.

참석자들이 우왕좌왕하는 사이 민영익이 벌떡 일어나 문을 박차고 나갔다. 영사로서 성안에 불이 나면 꺼야 하는 의무가 있었다.

민영익이 어둠 속으로 뛰어나가자 시퍼런 칼날이 날아들었다. 김옥균의 심복 유혁로와 일본인 자객 쇼지마가 휘두른 칼이었다.

"악."

얼굴과 귀에 여러 차례 칼을 맞은 민영익이 피를 뿜으며 연회장으로 기어와 쓰러졌다. 뺨의 살점이 덜렁거리고 있었다.

사람들이 비명을 지르는 사이 김옥균과 박영효가 뒤쪽 창문을 넘어 뛰쳐나갔다. 김옥균은 '천'이란 소릴 내며 어둠 속으로 달렸다.

"어찌된 일이요?"

박영효가 김옥균에게 다급하게 물었다.

"별궁에서 터뜨리기로 한 폭탄이 불발됐소. 대신 민가에 불을 지르라고 했소."

"이럴 수가…."

박영효가 이빨 사이로 신음 소리를 냈다. 첫 계획부터 빗나가자 불길했다.

김옥균이 창덕궁 금호문에 닿아 '천'을 말하자 기다리고 있던 자가 재빨리 문을 열었다. 금천교와 진선문을 거쳐 희정당의 협양문까지 곧장 내달았다. 희정당 안은 주상의 침전이었다.

"어서 전하를 깨우거라."

김옥균은 자신을 막아선 내관 유재현에게 눈을 부라리며 소리쳤다. 유재현의 목을 당장 내리치고 싶었지만 애써 참았다.

"무슨 일이십니까? 전하는 지금 침소에…."

"지금 무슨 소릴 하는 거야!"

김옥균이 언성을 높이자 소리를 들은 왕이 들라 명했다.

"무슨 일인가?"

"전하, 큰일 났사옵니다. 지금 성 중에 난이 일어나 사람들이 죽어 나가고 있사옵니다. 어서 이곳을 피해 안전한 곳으로 옮기소서."

김옥균은 얼굴이 시뻘겋게 달아올라 소리쳤다.

"갑자기 이 무슨 해괴한 일인가?"

왕이 놀라 어쩔 줄 모르는 사이 뒤따라 나온 왕비가 김옥균을 똑바로 쳐다보았다.

"변란이 청에서 나온 것이오? 일본에서 나온 것이오?"

왕비는 침착하게 물었다.

순간 김옥균의 등줄기에 소름이 끼쳤다.

"그건…."

"이를 어찌하면 좋단 말인가."

왕이 어쩔 줄 몰라 했다.

"당장 일본 공사를 불러 전하를 보호하라고 명하시면 되옵니다."

김옥균이 재빨리 아뢰었다.

"일본군대를 부른단 말이오? 그렇다면 청군 진영에는 뭐라 말한단 말이오?"

왕비의 목소리가 카랑카랑해졌다.

"그건… 청 진영에도 사람을 보내 요청하면 되옵니다. 어서 빨리 일본 공사에게 보호 요청을 내리시옵소서."

왕비가 다시 왕을 막아섰다.

"전하, 일본군대를 부르는 일은 중요한 일입니다. 섣불리 하시면 안 되옵니다."

쾅! 쾅!

귀를 찢는 굉음과 함께 희정당이 흔들리며 불길이 치솟았다.

"전하, 지체하실 틈이 없사옵니다. 어서 사람을 일본 공사관에 보내야 하옵니다. 전하는 경우궁으로 피하십시오."

김옥균은 왕을 마구 몰아쳤다. 왕비와 대왕대비는 가마도 타지 못한 채 살을 에이는 추위와 어둠을 헤치며 걸었다. 끔찍했던 임오군란을 기억하는 궁녀들이 울기 시작하고 환관들은 벌벌 떨었다. 열한 살 세자와 세자빈은 공포에 질려 왕과 왕비만 바라보았다.

'왜 경우궁인가?'

왕비는 어쩔 수 없이 따라가면서도 정신을 극도로 집중했다.

경우궁에 도착하자 다케조에 공사가 벌써 군대를 끌고 와 기다리고 있었다.

'다케조에와 일본군대가 어찌 이렇게 빨리 와 있지? 김옥균 저놈이 기어코 일을 저질렀구나.'

왕비의 가슴이 서늘했다.

김옥균과 박영효는 커다란 칼을 차고 사람들에게 지시를 내렸다. 문에는 김옥균의 명령만 듣는 자들이 칼을 들고 섰다. 아무도 들여보내지 않았다.

한밤중에 왕이 이어移御했다는 소식을 들은 대신들이 경우궁으로 달려왔다. 경우궁 주변으로는 일본군 200여 명이 총칼을 들고 삼엄하게 지키며 이름을 허락한 자만 들여보냈다.

살생부에 들었던 좌영사 이조연, 전영사 한규직, 후영사 윤태준이 궁으로 들어왔다 무참히 살해됐다. 일본 도야마 군사학교에서 교육을 받고 온 서재필과 사관생도, 동대문 장사로 이름난 윤경순 같은 행동대원들이 칼로 내리쳤다. 조선 군대를 지휘할 영사들을 모조리 처형한 것이다.

치명상을 입은 민영익만 묄렌도르프의 집으로 옮겨져 알렌의 치료로 목숨을 건졌다. 왕의 신망이 높았던 조영하도 이상한 낌새를 눈치챘으나 입궁을 강행한 뒤 목숨을 잃었다.

민태호와 민영목도 왕명이라는 전갈을 받고 입궁했다 변을 당했다.

경우궁에는 '천'이라는 암호를 알거나 개화당이 허락한 사람 외에는 들어갈 수 없었다. 궁 바깥에서는 도대체 안에서 어떤 일이 벌어지는지 몰랐다.

이리저리 뛰어다니던 김옥균은 유재현이 왕에게 수라상을 올리며 귓속말을 하는 걸 발견했다.

"지금이 어찬을 올릴 때이더냐."

김옥균이 수라상을 발로 차며 유재현에게 칼을 들이댔다.

"전하 앞에서 칼까지 차고 이 무슨 무례한 짓이오."

유재현이 소리 높여 김옥균을 꾸짖었다.

"네깟놈이."

김옥균이 유재현을 발로 차 넘어뜨린 뒤 칼을 뽑았다.

"죽이지 마라."

놀란 왕이 급히 소리쳤다.

"죽이지 마라."

김옥균은 왕의 명령을 무시하고 칼을 휘둘렀다. 칼을 맞은 유재현의 피가 사방으로 튀었다.

대신들이 처참하게 살해된 것이 조금씩 알려지자 성안은 발칵 뒤집어졌다.

이범진은 왕과 왕비가 개화당에게 억류된 걸 알고 발을 굴렀다. 당장 김옥균과 역적놈들을 요절내고 싶었지만 두 전하의 안위가 염려되어 이를 갈았다. 이범진은 밤새 왕궁 주위를 돌며 터질 듯한 가슴을 견디지 못했다.

전하를 모시고 망명하겠다

1884년 12월 5일 아침.

조보朝報에 김옥균과 개화당이 작성한 대신들의 명단이 발표됐다.

좌의정 홍영식

전후영사 겸 좌포장 박영효

좌우영사 겸 대리외무독판 우포장 서광범

호조참판 겸 승지 김옥균

병조참판 서재필

…

개화당이 병권과 재정을 거머쥔 인사였다. 김옥균 34세, 박영효 24세, 홍영식 30세, 서광범 26세, 서재필 21세였다.

왕은 분노에 치를 떨었다. 자신이 개화당과 일본군에게 잡힌 몸이란 걸 깨달았다.

"대체 어젯밤 무슨 일이 일어난 것이요?"

왕비는 김옥균을 불러 다그쳤다. 김옥균이 쩔쩔매는 사람은 왕비가 유일한 듯했다.

"지금은 소상히 아뢸 겨를이 없사옵니다. 차차 아뢰겠사옵니다."

김옥균은 다케조에 공사와의 연락과 청군의 움직임을 신경 쓰고 정령政令을 작성하느라 정신이 없었다.

"경우궁은 너무 좁고 추워 한시도 더 있을 수가 없소. 전하를 모시고 다시 창덕궁으로 옮겨야겠소."

왕비가 날카롭게 목소리를 높였다. 경우궁은 사람이 살지 않던 사당으로 12월 겨울을 지내기에 좁고 몹시도 추웠다.

"조금만 참아주시옵소서."

왕비는 김옥균이 외면하자 다케조에를 불러 창덕궁으로 돌아가겠다고 요구했다. 추위에 시달린 다케조에가 이를 받아들였다.

"이곳에 온 이유는 창덕궁에 비해 수비에 유리하기 때문입니다. 창덕궁은 너무 넓어 수비할 수가 없어 위험합니다."

김옥균은 강하게 반대했다.

"염려 마십시오. 우리 군은 충분히 막아낼 수 있습니다."

다케조에는 김옥균을 안심시켰다.

"내가 꼭 필요하다고 말한 건 어떻게 됐습니까?"

다케조에는 '일본 공사가 와서 호위해달라'고 요청하는 국왕 친서를 말했다.

"여기 있소이다."

김옥균이 전달한 '국왕 친서'는 서광범이 대신 쓴 위조문서였다. 왕이 이를 거부하자 개화당이 대신 작성한 것이었다. 김옥균은 왕만 확실하게 붙잡고 있으면 된다는 생각에 다케조에의 말을 따랐다.

일본군과 개화당 행동대원들이 출입을 금지하자 신하들과 성민들이 궁 주변으로 모여들었다.

"중전마마는 이미 죽었대. 임금님도 죽었는지 살았는지 모른다는구먼."

"박영효가 임금님을 죽이고 저가 임금이 됐대."

"죽일 놈들. 임금님을 죽이고 일본과 역모를 일으키다니."

"왜놈에게 나라를 팔아먹은 놈들."

개화당과 일본에 대한 감정이 점점 험악해져 갔다.

12월 6일 오후 3시.

'문벌을 폐지하여 인민 평등의 권리를 제정하고, 사람으로서 관官을 택하고 관으로서 사람을 택하지 말 것.'

김옥균은 왕의 이름으로 〈대정유신大政維新〉 80개 항을 발표했다. 조선을 새롭게 바꾸겠다는 정령이었다.

쾅! 쾅! 쾅!

찢어질 듯 무시무시한 굉음과 함께 원세개가 이끄는 800명의 청국 병사가 쏟아져 들어왔다. 제독 오조유는 500명을 이끌고 선인문을 거쳐 궁으로 쳐들어왔다. 청국 병사들은 칼과 창, 총, 삼지창을 쳐들고 야수 떼처럼 달려들었다.

청국의 이홍장이 명령을 내리기도 전에 원세개가 독단적으로 움직였다. 오조유가 일본군과의 마찰이 두려워 주저하자, 원세개가 번개같이 움직였다. 조선에서 공을 세우길 갈망했던 원세개로선 절호의 기회가 온 것이었다.

"우리는 일단 궁에서 철수하겠소."

청병이 쳐들어오자 당황한 다케조에는 김옥균에게 급히 통보했다.

"지금 일본군이 빠지면 우린 모두 위태롭습니다. 사흘만 기다려주시오."

김옥균이 애원했다. 그러나 다케조에는 이미 본국으로부터 개화당의 정변에 개입하지 말라는 훈령을 받았다.

김옥균이 거사 일을 앞당긴 이유도, 다케조에가 본국의 훈령을 받아 마음이 바뀔 걸 우려했던 것이다. 전신선이 없어 본국 훈령은 우편선 치토세마루를 통해 서신으로 올 수밖에 없었다.

일본군이 밀리기 시작하자 다케조에는 사색이 되었다.

"더 이상 어쩔 수 없소. 철수하겠소."

"대군주를 모시고 인천으로 가 다음 계책을 도모하는 것이 좋겠소이다."

개화당이 왕과 함께 일본으로 망명할 것을 염두에 둔 말이었다.

"전하, 소신들과 함께 인천으로 옮기시옵소서."

김옥균이 왕에게 인천으로 함께 가기를 아뢰었다.

"짐은 절대 인천에 가지 않을 것이다."

왕은 분노에 차 외쳤다.

김옥균과 박영효, 서광범, 서재필은 왕을 남겨두고 자신들은 다케조에를 따라가기로 했다.

"나는 전하를 모시겠소."

홍영식이 입술을 깨물며 말했다.

"그대는 원세개, 죽동궁(민영익)과 친분이 두터우니 별 탈 없을 것이오. 다시 후일을 기약합시다."

김옥균이 홍영식의 손을 잡고 흔들었다. 개화당에 의해 도승지가 된 박영교도 남겠다고 자청했다. 그러나 홍영식과 박영교는 청군 병사들 손에 참살당했다.

다케조에와 개화당은 북악산을 기어올라 재동을 거쳐 일본 공사관으로 도망쳤다.

"왜놈 죽여라. 역적놈 잡아라."

화난 성민들이 공사관에 돌멩이를 던졌고, 조선군의 총알이 날아들었다. 다케조에는 완전 무장을 명한 뒤 대오를 지어 남대문으로 돌진했다. 김옥균과 무리들은 일본 공사관에서 머리를 깎고 양복으로 급히 갈아입었다.

성난 조선군은 일본군을 향해 총을 발사했다. 김옥균은 어깨에, 박영효는 다리에 총상을 입었다. 서광범이 추위와 허기로 제대로 걷지 못하자 이규완이 업었다.

김옥균과 박영효, 서광범, 서재필, 변수, 유혁로, 이규완, 정난교, 신응희 9명만이 일본 군대의 호위를 받으며 도주했다. 정변에 가담했던 사관생도와 행동대원 40여 명은 아무런 지시도 듣지 못해 살해되거나 붙잡혔다.

조선군은 총을 쏘며 도망자들을 끈질기게 추격했다. 제물포에 도착한 김옥균의 무리는 일본 영사관에 몸을 숨기려 했다. 다케조에는 이들을 일본 제일은행 지점장인 기노시타 집에 숨겼다. 더 이상 개화당과 얽히지 않으려 한 것이다.

역적을 잡아라

쾅! 쾅! 쾅!

왕비는 굉음 소리에 정신이 번쩍 들었다.

"이게 무슨 소리냐?"

"포성인줄 아뢰옵니다."

"윗전을 모셔라. 세자와 세자빈도."

청군이 벼락같이 쳐들어오자 김옥균과 개화당은 정신이 나갔다. 왕을 빼돌리느라 미처 왕비와 다른 이들은 신경 쓰지 못했다.

"중전마마, 소신에게 업히소서."

이범진이 혼란한 틈을 타 번개같이 나타났다.

"가마를 대령할 수 없사오니 소신에게 업히소서."

왕비는 순간 자신을 업고 피했던 홍재희가 생각났다. 이범진은 쓰개치마를 덮은 왕비를 업고 궁을 빠져나갔다. 왕비는 마치 호랑이 등에 탄 듯, 독수리 날개에 탄 듯했다. 병사들의 함성과 창과 칼이 부딪치고 총을 쏘아대는 소리에 귀가 멍했다. 이범진은 발이 빠르고 힘이 좋아 바람같이 질주했다. 평소 담장을 훌쩍 뛰어넘는 자였다.

일단 이경하의 집으로 피한 뒤 혜화문 밖으로 나와 노원 각심사로 향했다. 각심사는 이범진 선대의 분묘가 있는 곳으로 사정을 잘 아는 지역이었다.

왕비를 가마에 태워 몰래 빠져나왔다. 이범진은 급히 승려에게 말해 방에 불을 때고 깨끗한 요와 이불을 가져오게 했다.

"여기가 어딘가요?"

얼굴이 하얗게 질린 왕비가 가쁘게 숨을 내쉬었다.

"노원의 각심사이옵니다. 어서 좀 쉬십시오."

왕비는 순간 정신을 잃었다.

"반역자들을 조선 정부에 인도하시오."

출항을 앞둔 일본 우편선 치토세마루에 묄렌도르프가 뛰어올랐다. 왕명을 받고 반역자들을 체포하기 위해 달려왔다. 묄렌도르프가 위협적으로 소리를 높이자 다케조에 공사는 새파랗게 질렸다. 서양인에게 유독 약한 일본이었다.

김옥균의 무리는 치토세마루의 악취 풍기는 배 밑바닥에 숨어 있었다.

"지금 상황이 어쩔 수 없소. 여러분은 배에서 내려야겠소."

다케조에가 김옥균에게 냉정하게 하선하라고 말했다. 이때 정변에 가담했던 가쿠고로가 선장 쓰지가쿠 사부로에게 도움을 청했다.

"개화당이 배에서 내리면 처참하게 죽거나 한성에 이르기도 전에 조선인에게 맞아 죽을 게 뻔합니다. 저들을 내리게 해선 안 됩니다."

"내 배에 탄 사람은 모두 선장인 내 책임 아래 있소. 이들을 내리게 할 수 없소."

선장이 강경하게 나오자 묄렌도르프도 어쩔 수 없었다.

얼마 뒤 다케조에는 정변 당시 일본공사관이 불타고 일본인이 사망한 것에 대한 책임을 묻기 위해 다시 조선으로 왔다.

"다케조에에게 외교 관례상 군대를 동원할 때는 사전에 외아문에 미리 알려야 하는데 이를 지키지 않은 점을 엄중히 질책하시오. 정변은 일본 정부가 개입한 것이 분명하오."

왕비는 격앙된 음성으로 외아문 독판 조병호에게 명했다. 일본과 김옥균 역당 때문에 목숨을 잃은 대신들을 떠올리면 숨이 막혔다.

조병호는 다케조에에게 갑신정변에 일본 정부가 개입한 정황을 다그쳤다. 오히려 다케조에는 눈에 불을 켜고 종이 한 장을 꺼내 흔들었다.

"우리 군대가 그날 출동한 것은 대군주께서 보호해달라는 친서를 내렸기 때문이오."

日使來衛 朝鮮國 大君主 李熙

〔일본공사는 와서 보호해 달라 조선국 대군주 이희〕

단정하게 쓴 해서 아래에 왕의 어새御璽까지 찍혀 있었다.

조병호는 다케조에가 흔드는 어서에 휘(왕의 이름)와 어새까지 찍힌 걸 보고 경악했다.

"지금까지 외국 공사에게 칙유를 내릴 때 내 이름을 직접 손으로 쓴 적이 없소."

조병호가 궁에 돌아와 이를 아뢰자 왕이 주먹으로 어안을 내리쳤다.

"어명御名을 주상께서 직접 쓰시고 어새까지 찍었다고 했소?"

왕비가 조병호에게 물었다.

"가만 그건… 일본 천황이 쓰는 법식 아닌가요? 조일수호조규(강화도조약) 때 천황이 쓰던 법식이었어요. '무쓰히토'라고

자기 이름을 썼어요. 똑똑히 기억합니다. 다케조에가 했든 옥균의 역당이 했든 전하의 어서御書까지 위조한 것이 틀림없습니다."

왕비는 신하들의 상소부터 각국과 주고받는 외교 문서까지 빠짐없이 읽었다. 왕비가 위조된 정황을 명확히 지적해낸 것이었다.

"이런 패악한 놈들."

왕은 숨이 거칠어지고 얼굴에 핏대가 섰다.

"맞아. 어서에는 반드시 누군가 명을 받든다는 봉칙자가 있어야 하지 않소. 휘와 어새만 있고 봉칙자는 없었소. 날조한 게 분명해."

조병호는 양전兩殿의 명을 토대로 다케조에를 다그쳤다.

외국 공사관이 불타고 그 거류민이 죽었다는 건 엄청난 결과를 조선이 다 뒤집어쓸 수 있었다. 청국에서 일어났다면 열강들이 어마어마한 배상금을 요구하고 땅덩어리를 물고 놔주지 않았을 거였다.

일본은 정계 거물인 이노우에 가오루를 전권대사로 파견했다. 이노우에의 방자함은 하늘을 찔렀다. 왕이 타는 가마를 보내라고 하는가 하면 대전에서 왕과 나란히 앉겠다고 고집을 부렸다.

왕은 김홍집에게 이노우에와의 협상을 맡겼다.

"상황은 이리 됐지만 서로 우애를 잃지 않도록 합시다. 우리가 원하는 건 거금의 배상금이나 진정 어린 사죄가 아니오. 일본 정부가 이번 정변에 개입했다는 말만 듣지 않으면 되오."

이노우에가 일본의 요구 조건을 말했다.

"우애를 잃지 말자는 말씀은 동의합니다. 하지만 그 전에 일의 본말을 되짚어 시시비비부터 정확히 가린 뒤 화친을 해도 늦지 않소."

김홍집은 이노우에를 향해 차갑게 대답했다. 그러나 협상은 이홍장이 빨리 봉합하라며 강박하는 바람에 제대로 시비를 가리지 못하고 마무리 지었다. 프랑스와 전쟁을 벌이고 있는 청국으로선 일본과 대치하는 상황이 득이 되지 않았다.

이홍장은 천진으로 온 이토 히로부미와 '천진조약'을 맺었다. 이토 히로부미는 원세개를 처벌하라고 요구했지만 이홍장은 거부했다. 원세개가 전광석화같이 일본군을 제압해 체면을 세웠다며 추켜세웠다.

"목 참판, 참으로 고맙습니다."

묄렌도르프는 왕과 왕비의 명을 받고 일본을 오가며 정변 뒤처리를 맡고 있었다.

왕과 왕비의 부름을 받고 입궐한 묄렌도르프는 고개를 숙이며 예를 갖췄다.

"목 참판이 아니었으면 영익이가 살아남지 못했을 거고 여러모로 많은 도움을 줘서 고맙게 생각합니다."

"앗."

묄렌도르프는 너무 놀라 온몸이 굳었다. 왕비가 앞으로 나와 묄렌도르프의 손을 잡은 것이다. 조선에선 귀부인들이 다른 남자에게 얼굴도 보이지 않은데 왕비가 서양인인 자신의 손을 잡아 준 것이었다.

"왕비 전하, 황공하옵니다."

묄렌도르프는 눈물이 날 만큼 감동해 목소리를 떨었다.

이와다 슈사쿠와 야마자키 에이하루

치토세마루를 타고 나가사키에 도착한 김옥균과 박영효는 신분을 속이기 위해 이름을 이와다 슈사쿠岩田周作, 야마자키 에이하루山崎永春로 바꾸었다. 머리를 자르고 양복을 입어 일본인처럼 행세했다. 일본 정부는 이들의 망명을 공식적으로 부인했다.

김옥균과 박영효는 도쿄 후쿠자와 유키치의 문을 두드렸다.

"용케도 잘 살아왔소. 축하하오."

후쿠자와는 가까스로 살아난 두 사람을 위해 샴페인 잔을 들었다.

"자 모두 축배를 듭시다."

후쿠자와는 풀이 죽은 김옥균, 박영효와 잔을 부딪쳤다.

"개혁은 계획대로 진행됐는데 청국군대의 방해로 실패했습니다."

김옥균의 목이 잠겼다.

"겁쟁이 다케조에가 아니라 하나부사가 공사였다면 사정은 달랐을 겁니다."

김옥균과 박영효는 나가사키에 남았던 서광범, 서재필 다른 동지들과 만났다. 양반 출신인 김옥균과 박영효, 서광범, 서재필은 별도의 숙소를 정해 지냈다. 행동대원이었던 유혁로는 김옥균의 시중을, 이규완은 박영효의 시중을 들게 했다. 정변에서 몸을 사리지 않고 앞장섰던 인물들이었다.

"이게 뭡니까. 상놈 양반 차별 없이 두루 인재를 등용하겠다고 한 공들이 우리를 하인처럼 부리다니요."

참다못한 이규완이 분통을 터뜨렸다.

"형제같이 생각해서 그런 것이오. 동지들을 우습게 여겨 그런 것이 아니니 오해를 푸시오."

놀란 김옥균이 이규완을 달래주었다.

이들은 일본 정부의 태도가 돌변하고 살 길이 어려워지자 각자 살 궁리에 빠졌다.

서재필과 서광범, 박영효는 샌프란시스코로 갔다. 그러나 박영효는 양반이 차마 막일을 할 수 없다며 혼자 돌아왔다.

갑신정변 후 반역자들의 가옥은 파괴해 연못으로 만들어버렸다. 김옥균의 아내 유씨와 딸은 지방으로 도망쳐 겨우 목숨을 지켰지만 다른 이들의 가족은 비극을 감당해야 했다.

김옥균, 홍영식, 박영효, 서광범, 서재필의 가문은 반역자와 한 집안이라는 걸 숨기기 위해 가문의 돌림자를 슬그머니 바꾸었다. 안동 김씨 문중은 '균均'자 항렬을 '규圭'로, 남양 홍씨의 '식植'은 '표杓'로, 반남 박씨의 '영泳'은 승勝으로, 달성 서씨의 '광光'은 '병丙'으로 '재載'는 '정廷'으로 바꿨다.

갑신정변 이전엔 조선인들이 개화에 대해 잘 알지 못해 옳고 그름을 따지지 않았다. 개화당을 시기하기는 했지만 그들이 개화의 이익을 말하면 배척하지는 않았다. 그러나 정변 이후에는 '개화'란 말이 사라졌다.

1888년 3월 15일 도쿄시심東京始審재판소.

"세간 사람들과 조선인 사이에서 경성난(갑신정변)은 그대가 김옥균을 교사하여 일으켰다고 하는데 사실인가?"

판사는 증인으로 나온 후쿠자와 유키치에게 물었다. 후쿠자와의 제자인 가쿠고로가 갑신정변 때 작성한 전신 암호 원본이 발견됐기 때문이다. 가쿠고로는 이미 여러 번 조사를 받았고, 조선인과 필담한 종이가 증거로 나왔다.

'이토 히로부미와 이노우에 가오루 참의가 국정을 독단하여 김옥균을 도와야 한다고 다케조에 공사에게 훈령했다'는 내용이었다.

"나는 전혀 들은 바가 없소."

"가쿠고로는 그대로부터 '김옥균을 교사하여 경성난을 일으켰다'는 말을 들었다고 하는데?"

"난 들은 바도 없고 가쿠고로에게 말한 적도 없소."

"그렇다면 여기에 적힌 것은 기억이 나겠지?"

판사는 후쿠자와에게 자필 서면을 들이댔다. 일본 정부에서는 이토 히로부미와 이노우에 가오루 외무경이 다케조에 공사에게 지시하고, 후쿠자와는 가쿠고로를 다리 삼아 김옥균과 개화당을 교사해 정변을 일으킨 것이었다.

가쿠고로는 죄를 인정받아 중금고重禁錮 5개월에 벌금 30엔을 선고받았다.

후쿠자와는 처벌되지 않았지만 일본 재판소의 심문 내용을 보면 그의 정변 관여가 기정사실화됐다.

4부

산왕山王의 응시

기적의 풍작

1883년 12월.

“합중국의 농사는 어떠하던가?”

왕은 미국에서 돌아온 부대신 홍영식에게 물었다. 왕은 임오군란 이후 어려움 속에서도 민영익을 전권대신으로 한 보빙사를 미국에 보냈다. 갑신정변 1년 전의 일이다.

서구문물을 직접 보고 개화를 앞당기겠다는 열망과 간절함 때문이었다.

“대농大農은 기계로 농사를 짓고 소농은 손으로 농기구를 써서 편리하게 농사를 짓고 있었사옵니다. 합중국에서는 농기계와 새로운 발명품이 한 해에 1,100가지나 된다고 하옵니다. 여러 나라 중에서도 으뜸인 듯하옵니다.”

"호오. 조선도 합중국의 기술을 들여오면 가능하겠는가?"

왕은 부대신의 말을 듣자 반갑고 기대에 부풀었다.

"최경석이 합중국의 농업에 대해 열심히 보고 왔사옵니다. 그들에게 진심을 다해 묻고 또 물으니 그곳 신문에서 최경석을 '식물학자'라고 소개했사옵니다."

"하하 그래. 최경석이 이야기해 보라."

무관 출신으로 미국에 함께 간 최경석이 앞으로 나와 절을 올렸다. 단단한 외모에 씩씩한 기운이 흘렀다.

왕은 신이 나 자리에서 반쯤 일어났다.

"성상의 은혜로…."

최경석은 미국에서의 기억이 떠오르자 눈물이 툭 떨어졌다.

최경석은 민영익과 보스턴에서 월코트 대령이 운영하는 모범농장에 들어섰다. 드넓은 대지에 엄청난 양의 곡물이 빼곡히 자라고 있었다.

"중전마마께서 특히 목장과 농업에 대해 잘 보고 오라 명하셨소."

민영익은 농장 규모에 놀라며 왕비의 당부를 전했다. 최경석은 더욱 긴장하지 않을 수 없었다. 철포처럼 거대한 기계로 곡물을 수확하는 장관이 펼쳐졌다. 산더미처럼 쌓인 곡물을 기계로 거둬내고 타작하는 걸 보니 입이 다물어지지 않았다.

최경석은 민영익과 함께 마침 열리고 있는 보스턴박람회장을 찾았다. 하나라도 놓치지 않으려고 눈을 크게 떠 눈물이 찔끔 날 정도였다. 민영익과 최경석은 신기한 기계를 둘러보는데 눈이 핑핑 돌았다.

도포를 입은 민영익과 최경석은 박람회장에서 다른 이들의 시선을 모았다.

"신사분들은 어느 나라에서 오셨습니까?"

미국인들이 다가와 정중하게 물었다.

최경석은 미국의 발달된 기계들을 들여와 조선 땅을 일구고 싶었다. 무관인 최경석은 안종수가 쓴《농정신편農政新編》을 읽고 서구 농법에 관심을 갖게 됐다.

안종수는 일찍이 왕이 일본으로 보낸 신사유람단의 일행이었다. 안종수는 일본에서 신진농업을 주장하던 스다 젠을 만났다. 스다 젠은 오스트리아 빈에서 농업을 배우고 돌아와 일본에서 선진 농업을 전파하고 있었다.

안종수가 스다로부터 서구의 농서를 구해 쓴 농업서가《농정신편》이었다. 지석영 같은 개화파들은《농정신편》을 돌려읽은 뒤 높이 평가하고 있었다.

"귀국의 농기계와 다종다양한 곡물 종자를 보니 훌륭하기 그지없습니다."

민영익은 농무성을 방문한 자리에서 감탄을 쏟아냈다.

"원하시면 기꺼이 종자를 종류별로 제공하겠습니다."

민영익은 국무장관을 만난 자리에서 군사교관과 학교에서 가르칠 교사, 농업을 가르칠 농업기술자 파견을 요청했다.

"군사교관은 되도록 빠른 시일 안에 부탁드립니다. 전하께서 각별하게 당부하신 사안입니다."

"알겠습니다. 대조선국을 위해 모든 지원을 아끼지 않겠습니다."

"학당에서 가르칠 교사와 농업기술자는 왕비 전하께서 관심이 크십니다. 교사와 기술자도 반드시 보내주시길 바랍니다."

미국 정부가 전폭적인 지원을 약속하자 민영익은 최경석과 의논해 농기계와 곡물 종자를 주문했다.

"왜국에도 시범농장이 있사온데 우리도 서구의 농업 기술을 들여올 시범농장을 마련해야 하옵니다. 전하."

최경석의 보고에 왕의 눈이 반짝였다.

"시범농장?"

왕의 눈앞에 오곡백과가 풍성히 열린 넓은 들이 펼쳐지는 듯했다.

"중전, 합중국의 농사가 세계에서 으뜸이라고 하더군. 농기계와 종자를 주문했다고 하니 농민들에게 큰 도움이 되겠소."

“아, 반가운 소식이네요. 백성의 수고로움은 덜고 소출은 는다면 얼마나 좋을까요. 이제야 숨통이 좀 트이는 듯하옵니다.”

왕비는 얼굴이 상기된 채 활짝 웃었다. 재해가 자주 일어나고 수령과 서리배의 수탈에 힘겨워하는 농민들을 생각하면 가슴이 아팠다. 신식농법을 들여와 수확이 크게 늘면 많은 걸 해결할 수 있을 것이었다.

“박정양이 왜국에는 작목 시험장을 만들어 서구 야채와 과수를 수십 개 심어놓았다고 하지 않았습니까. 작은 팻말을 일일이 걸어 놓았다고요.”

왕비는 기억력이 비상했다.

“그렇지. 최경석도 시범농장을 만들자고 하던데 어디가 좋을까? 합중국과 비슷한 환경에서 키워야 할 텐데….”

“옳습니다 전하. 완전 서구식으로 해야 하옵니다.”

“아! 적전藉田을 내려주면 되겠소.”

왕이 무릎을 쳤다. 왕이 직접 농사를 지으며 친경親耕 의식을 베푸는 왕실 적전이 떠올랐다.

“참으로 묘안이옵니다. 세종대왕께서도 적전에서 보리싹 틔우는 실험을 하셨어요.”

“서구의 가축도 길러봐야 하니 ‘농무목축시험장’이라 하면 되겠군. 군현에 세미稅米를 내라 하면 시일이 걸릴 테니 내탕금을 내려줘 당장 시작하게 합시다.”

이듬해 봄 '농무목축시험장' 관리관이 된 최경석은 날 듯이 제물포로 갔다. 드디어 미국에서 주문한 농기구와 종자가 도착한 것이다.

18개나 되는 짐짝에는 벼를 베는 할화기割禾器와 타작하는 타화기打禾器, 인분을 뿌리는 기계, 서양저울 등 모두 751달러 33센트 어치의 화물이 실려 있었다.

"드디어 왔구나. 하하하."

최경석은 화물을 보자 손뼉을 치며 웃었다.

제물포에 공서가 있는 청국 관리는 미국에서 농기계가 오자 이를 주시했다.

"합중국에서 농사짓는 기계와 종자가 왔다고?"

보고를 받은 원세개는 통통한 얼굴에 인상을 잔뜩 찌푸렸다. 왕이 내정에 깊숙이 간섭하는 청국과 원세개에 대항해 미국과 손잡으려는 태도를 보이자 잔뜩 경계한 것이다. 청국 외엔 어느 나라도 조선에 들어올 수 없게 한다는 생각이었다.

"이것들이 뭔 개수작이야? 두고 보라지 얼마나 잘되나. 상국을 배신하면 어떻게 되는지 보여주고 말겠다. 바짝 붙어서 감시하라."

제물포의 일본영사관에서도 미국에서 온 화물과 최경석의 움직임을 빠짐없이 보고 정보를 올렸다. 미국에 손을 내미는 왕과 왕비의 움직임을 탐탁치않게 여기고 있었던 것이다.

최경석은 농장으로 화물을 실어갔다.

"어이쿠, 이게 다 뭐에요? 안 그래도 허리 펼 날이 없는데 일을 산더미같이 가져왔네."

일꾼들은 최경석이 신이 나 가져온 종자들을 보자 입을 다물지 못했다. 농장에는 이미 종자를 심어 키우고 있었다.

"주상 전하가 애타게 기다리시니 자식새끼처럼 잘 키워야지."

최경석은 합중국에서 멀리 온 종자들을 성심껏 심었다. 가베지(양배추) · 셀네리 · 영송英蔥…. 서양 야채와 염료용 식물, 약용 식물 등 344종이나 되었다.

"저러다 병나지."

하인들은 고개를 절래 흔들었다.

최경석은 집에 가지 않고 밤낮으로 작물을 돌보고 빠짐없이 기록했다. 햇볕이 강하면 가려주고, 벌레를 일일이 떼어내고 무섭게 자라는 잡초를 뽑아냈다. 물과 비료를 주면서 그 양과 변화를 일일이 기록하자니 잘 시간도 부족했다.

'서양의 마는 소뿔이나 새 깃털을 섞어서 비료를 주니 실이 튼튼하고 광택이 난다?'

최경석은 틈틈이 《농정신편》을 들춰보며 이를 적용했다.

얼굴이 바짝 타서 반들반들 윤이 났다. 주상 전하가 내려주신 성총을 생각하면 잠을 잘 수가 없었다. 미국이라는 신세계를 보여준 은인이었다.

“전하, 이걸 보시옵소서.”

왕은 왕비가 이끄는 대로 후원으로 갔다. 여러 개의 개다리 소반 위에 잔뜩 차려진 낯선 야채와 처음 보는 과일들이었다.

“혹시….”

왕은 신이 나 함박 웃고 있는 왕비를 보았다.

“전하의 시험장 작물이 대풍작이옵니다.”

왕비는 흥분해 목소리가 들뜨기까지 했다. 서양 앵두를 한 알 집어 왕의 입에 넣어주었다.

탱탱한 앵두 알이 입안 가득 침이 고이게 했다.

“좋구나 좋아. 합중국에서 가축도 주문해서 들여오도록 하라.”

왕비는 최경석이 재배에 성공한 종자들은 사용법과 함께 304곳의 군현에 나눠주도록 명했다.

버터와 치즈도 만들라

김옥균과 박영효가 일으킨 갑신정변의 피바람이 지나갔다. 대신들은 개화에 앞장섰던 왕과 왕비에게 비난을 쏟아냈다.

"지금 이후로 스스로 총명하다고 생각하여 서무에 간섭하지 않으며 오로지 정부에 위임한다."

왕은 이같이 밝힌 뒤 통리군국아문을 의정부에 이속했다. 신문명을 상징했던 우정국은 역도들의 반역을 대변한다고 하여 철저히 파괴되었다. 군대 개혁을 위해 시작한 신식훈련도 폐지되고 구식으로 돌아갔다.

개화파의 한 사람으로 청국에 영선사로 보내졌던 김윤식마저 왕이 왕비와 국정을 의논하는 것을 비난했다. 주변에 비난의 화살을 날렸다.

"전하가 여자로 인한 화를 초래하고 있소이다. 대신을 피하고 어머니와 아내의 당을 신임하고 사사로운 이익만 구하니 나라가 망하지 않을 수 있겠소. 서양 오랑캐가 힘쓰는 것은 부국강병이고 우리가 중시해온 것은 백성을 잘 다스리는 것인데 그 근본을 지키지 않고 타국의 말업末業만 따르니 답답하기만 하오."

양반들도 임오군란 이후 왕과 왕비가 서얼과 중인, 평민까지 두루 등용하자 불평이 가득했다. 갑신정변을 기화로 쌓였던 불만이 터져 나왔다.

"전하, 개화는 500년 이어온 조선의 큰 틀을 바꾸는 일이옵니다. 그것이 불바다이고 칼산이라도 가야 합니다."

왕비는 갑신정변으로 '개화'라는 말조차 꺼내기 힘들 만큼 살벌했지만 흔들리지 않았다.

"나도 그리 생각하오. 중전은 참으로 나에게 없어서는 안 될 사람이오."

왕비가 아버지의 친구 유신환의 영향을 받았다면 왕은 박규수의 영향을 받았다. 왕이 열두살 나이로 즉위했을 때 박규수가 강관으로 가르쳤던 것이다.

왕과 왕비는 천진조약으로 일본군과 청국군이 조선에서 철수하자 비로소 숨통이 트였다.

왕은 기다렸다는 듯이 의정부에 빼앗겼던 군권을 다시 가져왔다. 청국과 가까웠던 김윤식과 어윤중을 물러나게 했다.

미국 캘리포니아에서 주문한 가축들이 들어왔다. 암말 두 마리, 잘 생긴 종마 한 마리, 세자 저하를 위한 조랑말 세 마리, 돼지 여덟 마리, 양 스물다섯 마리였다.

최경석은 외아문에서 발부한 면세 증명서를 해관에 제출한 뒤 부둣가로 달려갔다. 나룻배 위에 키가 쑥 큰 암말이 고개를 저으며 '푸우' 거렸다.

"왔다 왔어."

최경석은 갯펄에 신발이 푹푹 빠지는 것도 아랑곳 않고 내달렸다. 나룻배로 옮겨 실으려면 한참 걸리겠지만 조선 땅에 첫발을 내디딘 말을 잡고 춤을 추듯 했다.

제물포 지게꾼들과 아낙들은 엄청나게 큰 서양 돼지를 보자 뒷걸음을 쳤다.

"악-."

"괴물이다."

맨발의 아이들은 소리를 지르며 달아나거나 주위를 빙빙 돌며 작은 돌을 던지기도 했다.

영사관의 나가노 교타로는 미국에서 왕이 주문한 가축이 들어왔다는 소식을 듣고 나와 보았다. 청국 공서에서 나온 자는 미간을 잔뜩 찌푸리며 자세히 기록했다.

"이 녀석들, 어디 감히. 전하의 가축들이야."

최경석은 아이들을 내쫓으면서도 벙글벙글 웃었다.

"합중국에서 온 가축들은 다 실하더냐?"

왕은 최경석을 불러 물었다. 왕비는 장지문 건너에서 대화를 듣고 있었다.

"전하의 은혜로 모두 잘 먹고 무탈하게 크고 있사옵니다."

"다행이다. 너의 노고가 크다. 합중국에서 기사가 오면 농무학당을 세울 것이야."

최경석은 갑신정변 이후 왕이 "합중국 따라 하는 거 다 때려치우라"라고 하지 않을까 자다가도 벌떡벌떡 깨곤 했다. 노심초사하고 있었는데 왕이 이전대로 실행하라고 명하자 감격했다.

"전하, 성은이 망극하옵니다."

최경석은 목이 메어 눈물을 흘렸다.

"학도를 모집해 2년 정도 가르치면 될 것이옵니다. 농학과 과실학, 가축학, 농기학, 삼림학, 농업화학을 가르치면 좋을 듯하옵니다."

최경석은 농무학당을 세울 것을 염두에 두고 합중국에서 대강을 알아보고 왔다.

"합중국에 재촉하고 있는데 시간이 걸리는구나. 기사가 올

때까지 조금만 더 기다리거라."

왕비가 열린 문으로 왕에게 조용히 말을 건넸다.

"그렇지. 합중국에서 농학 기사가 오면 버터와 치즈도 만들어보거라."

가마를 탄 상궁의 무리가 망우리에 도착했다. 왕이 미국에서 들여온 가축들을 키우라며 하사한 넓은 땅이었다. 가마 안에서 한 여인이 상궁들의 부축을 받으며 조용히 내렸다.

"여기구나."

여인은 풀을 뜯고 있는 말과 소를 찾았다. 상궁들은 여인에게 서둘러 부채질을 해주며 땀 닦을 명주수건을 올렸다.

"어서 오십시오."

최경석이 한달음에 달려와 기쁘게 인사했다.

"혹시…."

최경석은 순간 온몸에 소름이 돋았다.

"중전마마이시오."

"중전마마!"

최경석은 너무 놀라 땅에 엎어지며 큰절을 올렸다.

'중전마마가 친히 납시었다니.'

최경석은 눈물을 펑펑 쏟았다.

"고생이 많다 해서 한번 와 보았네."

"성은이 망극하옵니다."

"중전마마가 납신 것은 절대 누구에게도 발설해선 안 되오."

상궁이 엄하게 다짐했다.

왕비는 목초지에 합중국에서 들여온 양과 말, 돼지가 뛰노는 걸 보자 가슴이 뭉클했다.

'합중국처럼 우리도 백성들을 잘 먹이게 될 것이야.'

군데군데 말똥이 수북하고 파리 떼가 극성이었다. 상궁이 말똥을 밟지 않도록 신경 쓰며 왕비를 부축했다.

"나라 곳곳에 이런 목장을 지어서 많이 키우세. 백성들이 배불리 먹으면 얼마나 좋겠나."

왕비는 눈앞에 앵앵거리는 파리를 쫓으며 말했다.

"중전마마, 누추한 곳까지 오셨으니…."

최경석은 피보다 진한 빛깔의 체리를 한 움큼 올렸다.

최경석은 거듭 풍작이라며 왕궁에 서양 야채를 풍성하게 진상했다. 왕비는 기쁜 나머지 한성에 와 있는 외교관과 선교사들에게 나눠주었다. 오랜만에 고국의 야채를 맛본 서양인들은 반색을 하며 좋아했다.

원세개는 이를 듣고 화를 벌컥 냈다. 그리고 은밀한 지시를 내렸다.

"여기까지 오시라고 해서 미안하오. 합중국에서 온다는 기사가 아직 안 와서 그렇소."

최경석은 미 공사관의 무관 포크를 보자 울컥했다. 포크 해군 중위는 최경석과 민영익의 보빙사절을 미국에서 안내한 뒤 조선에 함께 부임해왔다. 캘리포니아산 말과 돼지를 수입하는 일을 주선했던 포크는 혼자 애태우는 최경석을 보자 안쓰러웠다. 본국에 하루속히 농업기사를 보내 달라고 요청했지만 무소식이었다.

최경석이 곡물 재배와 가축을 혼자 도맡다시피 했지만 한 사람이 감당할 일이 아니었다.

호랑이를 막아내느라 혹시 가축이 병으로 죽지나 않을까 하루하루 가슴을 졸였다. 내탕금을 써가며 들여온 가축들이라 바짝 신경을 썼다.

최경석은 안종수에게 거들어 달라 청을 넣었지만 답이 없었다. 안종수는 갑신정변 이후 개화당을 죽이라는 목소리에 눌려 극도로 조심하고 있었다. 최경석은 왕과 왕비의 기대가 너무 커 잠도 오지 않았다.

"공사께서 본국에 농업 기술자를 보내달라고 연락하셨으니 좀 기다려 주십시오."

조선 정부에서 제시한 150달러 봉급에 여비 600달러를 받고 올 기술자는 없었다. 미국 정부도 조선에서 얻을 게 없다는 판단을 하자 무관심으로 돌아섰다.

"농기구를 움직여봐야 해서 오시라 한 겁니다. 설명문을 알아듣기 쉽게 말해 주십사 하고요. 아무리 봐도 머리가 둔해서 모르겠어요."

검게 타고 몰라보게 마른 최경석이 간절히 요청했다.

"중전마마."

왕비는 어쩔 줄 모르고 서 있는 상궁을 보자 순간 불길했다.

"무슨 일이냐?"

"중전마마 황송하옵니다. 관리관 최경석이… 급사했다고 하옵니다."

"뭐라? 어째서?"

왕비는 읽고 있던 서찰을 떨어뜨렸다.

"과로를 하긴 했지만 갑자기 이유를 알 수 없이 변을 당했다 하옵니다."

얼마 뒤 원세개는 왕에게 상소문을 올렸다. 농무목축시험장 같은 근대적인 사업을 즉각 중단하라는 상소였다.

원세개는 이홍장에게 밀고해 천진에 유폐중이던 대원군을 조선에 불러들이도록 했다. 왕과 왕비가 청국을 멀리하고 미국에 다가가자 대원군이라는 특단의 조치를 취한 것이다.

왕비는 대원군이 돌아온다는 소식을 듣자 벌떡 일어났다.

'임오군란을 일으킨 대원군을 데려온다고?'

임오군란으로 지금의 이 망국적 사태가 이어졌는데….

도성은 대원군이 돌아온다는 소식에 들썩이고 있었다. 성민들은 대원군이 왜놈과 청국 오랑캐, 서양 오랑캐까지 다 몰아내주리라 기대했다.

'누구 때문에 이 난국이 빚어졌는데… 나와 주상은 잊지 않았음을 보여주리라.'

대원군은 원세개와 청국 군병의 대대적인 호위를 받으며 귀국했다.

다음날 추국청에서 임오년 군란을 주동했던 김춘영과 이영식이 모반대역죄인으로 형을 받았다. 능지처참이었다.

이화학당

"중전, 합중국 여자가 하는 여자학당의 이름을 지어달라는 군."

왕비는 서양의 지식을 배울 수 있는 여자학당이 세워지자 희열을 느끼고 있었다. 대원군이 돌아오고 한순간도 마음을 놓을 수 없는 나날이었지만 여자학당이 커다란 위안을 주었다.

어렸을 때 여자는 과거를 볼 수 없다는 말을 듣고 받은 충격이 되살아났다. 수많은 책을 읽고 외웠지만 여자라서 과거를 볼 수 없다니.

"아버님 나를 완성하는 성기成己도 중요하지만 출사하여 사람들을 잘살게 하는 성물成物도 중요하다고 하셨잖아요."

그때 왕비는 아버지에게 대들듯 따져 물었다.

왕비는 민영익을 보빙사로 보낼 때 여자들도 배울 수 있는 학당을 세심하게 살피라고 일렀다.

민영익은 워싱턴으로 가는 기차 안에서 우연히 신사와 대화를 나눴다. 도포를 입고 갓을 쓴 민영익을 유심히 바라보던 신사는 감리교 목사인 가우처 박사였다. 가우처 박사는 후에 볼티모어 여자대학을 세울 만큼 여자 교육에 뜻을 세우고 있었다.

"조선의 왕비 전하께서 여자들을 위한 학당을 간절히 원하고 계십니다."

민영익은 조선말을 일어로, 일어를 영어로 통역하는 번거로움을 거쳤지만 왕비의 뜻을 가우처 박사에게 전했다.

가우처 박사는 이때 조선이라는 나라에 관심을 가졌고, 선교사를 파견하는 일에 적극적으로 나섰다. 일본에 주재하던 감리교 선교사에게 "조선에 가 선교할 땅을 물색해 달라"고 부탁했다. 선교사는 조선으로 건너와 이를 타진했고, 선교를 빼고 학교와 병원은 세워도 좋다는 윤허를 받았다.

1885년 감리교 선교사인 스크랜튼 부인이 여학교를 세우기 위해 조선에 들어왔다.

여학생을 위한 학당은 처음이라 학생을 모으는 일은 어려웠다. 게다가 '서양 오랑캐가 아이를 잡아가 피를 빨아 먹는다'는 괴소문이 돌아 분위기는 험악했다. 스크랜튼 부인이 다가

가기만 해도 소녀들은 "으악" 비명을 지르며 도망쳤다.

콜레라를 앓아 서대문 근처에 방치된 소녀를 데려와 치료한 뒤 가르치기 시작했다. 열 살 된 '꽃님이'였다.

스크랜튼 부인에게 처음 배우겠다며 제 발로 찾아온 사람은 김 씨였다. 관리의 소실인 김 씨는 화사한 비단옷을 차려입고 나타났다.

"영어를 배워 중전마마의 통역이 되겠어요."

김 씨는 병에 걸려 석 달 만에 그만두고 말았다.

왕비는 경복궁에서 제일 높은 곳을 찾아 올라갔다.

"학당이 어디에 있다고 했느냐?"

왕비는 상궁에게 물었다.

'이제 조선의 여자도 서양 문물을 배워야 해.'

왕비만 아니면 자신부터 들어가 배우고 싶었다.

"저-기 합중국 공사관 근처이옵니다. 전에 민 판서께서 사시던 곳이옵니다. 마마."

왕비는 손을 이마에 갖다 대고 멀리 내다보았다.

'민 판서댁이라….'

오래전 봄 흐드러지게 핀 배꽃이 떠올랐다. 그때 청초하면서도 기품 있는 배꽃이 순수한 웃음을 터뜨리는 듯했다.

"배꽃이 좋았지. 그래 이화梨花학당이 좋겠다."

마파람에 꿀 향기가 진동했다. 파도가 배를 짓궂게 흔들 때마다 율리의 몸도 흘렁거렸다. 넘어지지 않으려고 두 다리를 사내처럼 쩍 벌리고 섰다.

단단하게 못질한 나무 궤짝을 열었다. 소총을 꺼내 방아쇠와 가늠쇠를 이리저리 유심히 보았다.

"뭘 그렇게 보슈?"

율리를 따라온 호랑이가 코를 문지르며 물었다.

"어디서 몇 년 굴러먹어 걸레가 된 걸 보냈나 검사하는 거야. 녹만 잔뜩 쓴 걸 받으면 안 되잖아. 제대로 왔나 챙겨봐야지. 얼마나 큰 돈 주고 산 건데. 이 상자 좀 아래로 내려놔."

호랑이는 제 몸만한 궤짝을 번쩍 들어 내려놓았다. 율리는 궤짝을 열고 소총 하나를 집어 들었다.

"그건 뭐라는 총이유?"

"피바디 마르티니."

"칫, 이름도 어렵네. 그걸 여자가 어찌 다 아누."

호랑이는 햇볕이 반사되는 수면을 바라보다 찡그렸다. 호랑이는 콧망울이 도톰하고 입술선이 분명하면서 선홍색을 띠었다. 제물포 바닥에서 보기 드문 귀태가 있었다.

호랑이는 딴청을 피우면서도 슬쩍 율리를 훔쳐보았다. 뒷산의 산등성이처럼 부드러운 가슴과 암팡진 엉덩이에 눈이 갔다. 율리가 자신을 부를 때면 수고비를 줬지만 그보다 율리의 부름을 받으면 신이 났다. 밤에 투전판에 가기보다 율리가 부르지 않을까 기다리게 됐다. 제물포는 거칠고 더러운 왜놈과 되놈들이 득시글한 개항장이었다. 여자 혼자 밤길을 다니기에 너무도 위험했다.

"총은 어찌 그리 잘 아슈?"

율리는 운송된 개수가 서류와 맞는지 확인하고 있었다.

"양놈이나 왜놈들이 조선사람은 무식하다며 아무거나 보낼 수 있으니까. 이 총 한 자루를 사기 위해 중전마마가 얼마나 노심초사 하시는데 잘 알아야지."

"중전마마?"

"서양 무기를 빨리 들여오고 싶어 학수고대하시거든."

율리는 소총을 끼고 조준하기 시작했다.

"에헤이- 죄도 없는 갈매기를 쏴 죽이게?"

호랑이가 장난스레 총신을 잡았다.

"호랑이 너 신식 군대에 들어가지 않을래?"

"예?"

"합중국에서 장군이 올 거야. 그러면 새로 신식 군대를 만들 거래."

"군대를 뭐하러 들어가."

"넌 잘할 거야. 힘이 장사고 눈치도 빠르잖아."

"신식 군대라면 양반 아들이나 돈 있는 놈들이 가겠지 뭐."

"내가 넣어줄 수 있어. 넌 왜어도 하고 한어도 하니까 좋아할 거다."

"아따 내가 거기 가면 이 흉악한 제물포에서 어찌 다니실라고 그라요."

얼굴이 붉어진 호랑이가 걸상에 걸터앉으며 내뱉었다.

"그거야… 다른 사람 알아보면 되지."

제물포에 밤이 내려앉자 중국 경극 소리가 어두운 공기를 찢었다.

컹컹.

청국 병사들이 군함으로 돌아가자 개들이 짖어댔다. 더러는 취하고 더러는 불룩해진 배를 두드리며 소란스럽게 떠들었다.

"저기 가는 계집, 그때 그 계집이지?"

한 명이 잔뜩 취해 어두운 거리를 걸어가는 율리를 보고 손가락질을 했다.

"누구? 누군데?"

"꺼억- 배에 홍삼 몰래 실었다고 난리 친 계집이잖아."

"어 맞네."

"가서 맛 좀 보자."

한 명이 취한 걸음으로 달려가 율리를 막았다. 양장을 한 율리의 아름다운 모습을 보자 순간 멈칫했다.

"너 전에 우릴 망신시켰지?"

율리는 무표정하게 힐끗 쳐다보고는 밀쳐냈다.

"어라."

취한 병사가 율리의 손목을 낚아챘다.

"취했으면 가서 자빠져 자."

율리가 청국말로 퍼붓자 다른 한 명이 열을 받았다.

"이게 쥐도 새도 모르게…."

율리의 목을 조르려고 달려들던 청국 병사가 갑자기 비명을 질렀다.

"뭐야?"

"호랑아!"

율리는 어디선가 바람처럼 나타난 호랑이를 보자 반가웠다.

"이 자식들."

호랑이가 한 명을 번쩍 들더니 개펄에 냅다 던졌다. 멀리서 철퍼덕하는 소리가 들렸다. 사람을 마치 무거운 돌 던지듯 내던졌다. 엄청난 괴력이었다. 나머지 한 명은 호랑이가 사람 던지는 걸 보자 기겁을 하고 도망쳤다.

"호랑아."

율리는 호랑이가 장사인 줄은 알았지만 이 정도인지 몰랐다.

선술집에 들어온 율리는 우동과 덴뿌라, 사케를 시켰다. 호랑이가 우동을 후루룩거리며 한입에 넣었다.

"너 정말 장사더구나."

"그러니까 날 호위꾼으로 쓰잖수."

호랑이는 금세 그릇을 비우고 사케마저 털어 넣었다.

"갑시다. 또 혼자 가다 봉변당하지 말고. 데려다 줄 테니."

갯내음이 짙은 어둠과 뒤섞이고 있었다.

"내가 높이뛰기 잘하는 놈이나 장사는 더러 봤지만 너 같은 놈은 처음이다."

율리가 어둠 속에서 슬며시 웃으며 말했다.

쌀쌀한 바닷바람과 눈부신 태양이 호랑이를 깨웠다. 율리를 데려다준 뒤 산에 올라 술을 더 마셨다.

"너 같은 놈은 처음이다."

율리가 조금만 더 물어봤으면 구월산에서 수련한 이야기를 털어놓을 뻔했다. 해삼위에서 나와 구월산에 들어가 스승을 만난 이야기.

'진달래구나.'

꽃은 힘을 다해 꽃잎을 활짝 펼치려 했다. 야들야들한 꽃잎이 가련하면서도 고왔다.

율리의 커다란 눈과 이쁜 코, 부푼 듯 두둑한 입술을 떠올리자 얼얼했다. 율리는 해관에서 일하는 유일한 여자라 콧대가 셌다. 조선 사람에게 친절한 건 아니지만 왜놈이나 되놈에게도 쌀쌀맞았다. 모두 당당하고 차가운 율리 앞에선 절절맸다. 눈빛이 무뚝뚝하고 차가웠지만 드물게 웃을 때면 세상이 웃는 듯했다.

처음엔 돈이 필요해서 율리를 위해 일했지만 지금은 아니다. 어젯밤 되놈들이 개떼처럼 몰려들면 율리를 안고 붕 뛰어넘을 생각까지 했다. 그랬다면 율리가 놀라 기절했을까? 갯펄에 한 놈 던진 걸 보고 그토록 놀란 걸 보면.

선술집에서 율리와 가까이 앉자 얼굴이 빨개져서 혼났다.

호랑이는 갓난아이의 정수리 털처럼 빳빳하게 자라 오르는 풀 위로 벌렁 넘어졌다.

진달래 꽃잎 속으로 꿀벌이 파고들었다.

'율리가 저 진달래 같다.'

땅에선 아지랑이가 피어오르고 있었다. 봄의 어마어마한 기운이 터져 나올 기세였다.

"왜놈 새끼들, 싹 다 죽여 버려."

눈에 핏발이 선 청국 상인들은 곡괭이와 낫을 들고 몰려들었다. 제물포 부두에서 청국 상인과 일본 상인들의 패싸움이 벌어졌다. 짐을 하역하는 순서를 두고 시작된 싸움이 커졌다.

"저 자식들, 베어버리자."

조리를 신은 일본 상인들은 허리춤에 찬 칼집에서 칼을 빼

들었다. 선술집을 어슬렁거리던 청부폭력배인 소시壯士(장사)들도 몰려와 일본도를 들었다.

"핫."

소시 한 명이 칼을 휘두르자 청국 상인이 피를 흘리며 쓰러졌다.

"저놈 대가리를 깨버려."

청국 상인이 돌을 들어 던졌다.

"다들 그만 중지하라."

조선 순검들이 나타났다.

"그만 두지 않으면 포승줄에 묶어 감리서에 처넣는다."

도포를 깔끔하게 입은 자가 청국말과 일본말로 번갈아 외쳤다. 갑자기 총을 들고 나타난 순검들을 보자 싸움패들이 멈칫했다.

"뭐냐?"

일본 소시가 이를 무시하고 칼을 다시 쳐들었다.

"나으리는 인천감리서 방판이시다."

총을 든 조선 순검이 앞으로 나서며 외쳤다. 순검들이 총을 겨누자 싸움패들이 움칠했다.

"다 잡아끌고 가."

방판이 압도하는 목소리로 명령했다.

싸움패들은 줄줄이 엮여 인천 감리서 감옥으로 끌려갔다.

"율리, 감리서에 가서 방판에게 중국 병사들을 풀어달라고 해요. 원세개가 난리를 쳐서 말이오. 외아문에 가서도 행패를 부린 것 같아."

청국의 실세 이홍장이 조선의 총세무사를 결정할 만큼 인천 해관은 청국해관의 부속처럼 되어 있었다.

"해관 일은 아니지만 원세개가 워낙 막무가내니 일단 가보고 와요."

"네, 알겠습니다."

율리는 감리서에서 안면이 있는 순검에게 용건을 말했다.

"나으리께서 돌아가라 하시네. 해관이 나설 일이 아니라구."

"이건 술값에 보태고 모른 척 하고 있어요."

율리는 엽전이 든 주머니를 찔러주었다.

"허허, 이러다 내 목이 달아날라…."

순검이 슬쩍 자리를 피하자 율리는 방판의 집무실로 곧장 걸어갔다. 방판은 붓으로 뭔가를 급히 써 내려가고 있었다.

"저는 해관장님이 보내서 온 사람입니다."

율리는 당돌한 목소리로 거침없이 말했다.

"누구냐? 누군데 함부로 들어오는가. 아무도 없느냐."

젊은 방판은 고개를 들더니 벼락같이 소릴 질렀다.

"아!"

율리는 방판의 얼굴을 보자 몸에서 피가 죄다 빠져나가는 듯했다. 방판의 얼굴이 돌처럼 굳었다.

"에구, 여기가 어디라고 함부로 막 들어오누."

"경을 치기 전에 어서 나가라구 어서."

순검과 시종들이 달려와 율리를 몰고 나갔다.

젊고 잘생긴 방판

태웅은 중궁전에서 왕비를 기다리며 청국에서 온 신문을 보고 있었다. 왕비는 태웅에게 입궐할 때마다 청국과 일본에서 배편으로 오는 신문을 가져오라고 명했다. 왕비는 바깥 세계의 정세를 소상히 파악하고자 했던 것이다.

태웅은 영자 신문과 중국어 신문의 내용을 번역해 올렸다. 왕비는 상소 못지않게 태웅이 올리는 신문을 빠짐없이 열독했다.

"네가 감리서 일도 하랴, 신문 번역도 하랴 일이 많구나. 믿고 시킬 사람이 너밖에 없으니 어쩌겠느냐."

"아니옵니다."

"여전히 중국인들이 홍삼을 몰래 빼돌리고 있느냐?"

"황송하옵니다. 바짝 긴장하고 감시를 하는데도 그 모양이옵니다."

"원세개와 당소의까지 체면 없이 빼돌리고 있으니 그 아랫것들은 어떻겠느냐. 너 혼자 감당할 일은 아니지. 그건 그렇고. 이홍장이 서태후의 신임을 받는 이유가 뭣이냐? 이홍장이 태서 나라들과 협상할 수 있어서이지?"

"그러하옵니다. 이홍장이 서태후에게 뇌물을 많이 바치긴 해도 그건 다른 관리들도 마찬가지옵고… 조선에 와 있는 원세개도 바치고 있으니까요. 조선과 청국을 유람한 영국사람이 한 말이 있습니다."

"뭐냐?"

태웅은 잠시 왕비의 눈치를 살폈다.

"해 보거라. 고모 앞인데 뭐 어떠냐."

"조선과 청국은 모두 보수적인 나라인데 여자 두 명이 나라를 쥐락펴락한다고 했답니다."

태웅은 멋쩍은 웃음을 지으며 조용히 아뢰었다.

"이크, 전하가 들으시면 큰일 나겠다."

"황송하옵니다 마마."

"부디 입조심 하거라. 조선도 옛날엔 지금처럼 보수적이지 않았어. 초기에는 여자도 말을 타고 무기도 들고 싸웠지."

"참말입니까?"

"그럼. 원경왕후님도 갑옷을 입고 말 타고 싸움터에 나가려 하셨단다. 원경왕후님은 배짱도 두둑하고 배포도 크셨지."

"중전마마 같으셨네요."

"이 녀석이."

왕비는 태웅과 웃음을 터뜨렸다.

검은 비단같이 펼쳐진 밤바다에 일본과 청국, 서양 군함들이 떠 있었다. 청국 군함과 일본 군함은 깃발을 펄럭이며 서로 노려보듯 했다.

높은 언덕 위에 지어진 해관장의 저택서 열린 연회가 끝났다. 해관과 감리서 고위직들의 연회였다. 율리는 조용히 바다를 응시하며 사람들이 흩어지기를 기다렸다.

"왜 안 가시오?"

연회에 참석했던 방판의 맑고 굵은 목소리였다. 율리는 놀랐지만 돌아보지 않았다.

"천천히 걸어갈까 합니다."

"밤도 늦었는데 이 말 위에 타시오."

"아 아닙니다. 나으리께서 타십시오."

율리가 드레스를 살짝 들고 뛰어가려 할 때 방판이 팔을 잡았다.

"왜 이러십니까."

그제서야 율리는 방판을 바라보았다. 별빛 아래 서 있는 방판은 태웅이었다. 태웅은 율리를 번쩍 들어 말에 태우고 자신은 뒤에 올라탔다.

"갑시다."

검은 바다 위에 희끄무레한 파도가 펄럭이고 있었다.

"언제부터 아셨어요?"

"당신이 감리서에 왔을 때."

태웅은 넓고 강한 어깨가 들썩일 정도로 크게 숨을 내쉬었다.

"왜?"

태웅이 말을 세우고 율리에게 물었다. 별빛을 받은 태웅의 눈이 우물 같았다.

"왜 날 떠났소. 난 그대가 임오군란 때 죽은 줄만 알고 슬퍼하기만 했는데, 기별을 주었다면 내 당장 달려갔을 거고 지금 같은 일은 없었을 것 아니오."

"다 지난 일입니다."

"그럼 왜 다시 갑자기 나타나 날 흔드는 거요?"

태웅이 주먹을 부르르 떨었다.

"그대를 다시 본 순간 모든 기억이 살아나 하루도 편한 날이 없소."

"다 잊으셔요. 나으리."

태웅이 말을 세우고 율리를 안아 내렸다.

"잊을 수가 없으니 말이지."

율리는 태웅을 밀쳤지만 그럴수록 강하게 잡혔다.

"초계야!"

"전 아이가 있습니다. 이제 초계가 아니라 율리입니다."

쓰개치마를 벗은 초계는 왕비에게 큰절을 올렸다.

"별고없이 잘 지냈느냐?"

"예 중전마마."

"향각이도 많이 컸겠구나. 널 닮았으면 총명하고 예쁠 텐데 한번 보고 싶다. 대궐에 데려오너라."

"사람들 눈도 많고…."

"내가 좀 더 넉넉하면 향각이를 유학이라도 보내주고 싶은데, 이제 여자도 배워야 하는 시대가 올 테니까."

"마마."

초계의 뺨에 뜨거운 눈물이 흘렀다.

"실은 알고 지내는 선교사 부인이 합중국으로 돌아갈 때 아이를 데려가겠다 했사옵니다."

"잘 됐다. 어린 것을 보내면 네 마음은 찢어질 텐데 견딜 수 있겠느냐."

왕비는 초계의 손을 잡아주었다.

문틈 사이로 햇살이 부드럽게 넘어오고 있었다. 솔향이 퍼지는 순간 웅크렸던 마음이 활짝 밝아졌다.

'아, 우리의 하늘과 땅은 얼마나 그윽하고 심오한가.'

이불속의 왕비는 눈을 감은 채 숨을 크게 들이마셨다. 새벽닭 울음소리가 들릴 때 잠이 든 왕비였다. 상궁과 나인들은 행여 왕비의 잠을 방해할까 숨소리까지 죽이며 살금살금 기다시피하고 있었다.

잠자리에서 막 눈을 뜬 이 시간에 떠오르는 생각들이 중요했다. 머리를 편두처럼 내리누르는 일들에 대한 답이 떠오르는 시간이었다.

김윤식. 주상전하가 그토록 성총을 베풀었지만 왜놈과 청노淸奴를 오가고 있질 않은가. 극비리에 러시아와 접촉하던 것을 일본 공사에게 알린 자가 김윤식이란 걸 알았을 때 오장육부가 뒤집어졌다.

일본 공사는 이를 동경에 있는 청국 공사에게 알렸고, 깜짝 놀란 이홍장은 영국에게 알렸다. 결국 러시아와 으르렁대던 영국이 거문도를 쳐들어오게 만들었다. 거문도를 불법 점령한 영국은 청국에게 조선을 병합하라고 부추기고 있었다.

영국은 1845년부터 거문도를 군사요충지로써 눈독 들이고 있었다. 파크스 공사는 거문도를 싱가포르나 홍콩처럼 영국의 동북아 물류기지로 써야 한다고 주장했다.

영국은 러시아가 아프가니스탄 국경 지역을 침공해 인도로 연결되는 통로를 위협하자 거문도를 불법 점령했다. 러시아가 부동항으로 영흥만을 얻을 것이라는 소문이 돌자 불법적으로 거문도를 전격 점령했다. 거문도에 2척의 군함을 정박시킨 영국은 청국이 조선을 공격하면 돕겠다고 나섰다. 거문도를 지키며 동해를 드나드는 러시아를 감시하겠다는 계략이었다.

조선 땅에 대한 불법 강점이었다.

주상전하의 허락도 없이 만국공법을 짓밟으며 쳐들어온 영국놈. 이홍장은 영국을 시켜 러시아를 경계하게 한 것이다. 영국의 거문도 점령에 대해 외아문에서 강력 항의했지만 작심을 하고 쳐들어온 영국은 이홍장의 묵인하에 안하무인이었다.

갑신년 정변 문제를 천진에서 다투던 이홍장과 이토 히로부미는 러시아가 기세를 올리자 서둘러 조약을 맺었다. 러시아란 공동의 적이 나타나자 서로 발톱을 내려놓은 것이다.

이홍장은 조선의 왕비가 러시아와 미국 같은 큰 나라를 상대로 교섭을 벌이자 혀를 내둘렀다.

동양에서라면 이홍장이나 이토 히로부미 같은 거물이나 강대국을 상대할 수 있었다. 한낱 중국의 조공국인 조선이 외교라는 새로운 경지에 눈떴다는 것이 믿기지 않았다.

왕비는 갑신정변을 수습하러 서상우와 묄렌도르프를 동경

에 보내면서 묄렌도르프를 통해 극비리에 러시아 황제에게 밀지를 전하게 했다. 이홍장은 자신이 조선에 첩자처럼 밀어 넣은 묄렌도르프가 왕비의 수족이 된 것을 알고 경악하고 광분했다.

왕비는 김윤식의 배신을 알고 펄펄 뛰며 격노하던 주상의 얼굴이 떠올랐다.

"전하, 신하들이란 언제나 저희 배부터 생각하는 자들이옵니다. 너무 상심치 마시옵소서."

왕을 위로했지만 왕비의 속도 뒤집혔다.

원세개는 갈수록 기고만장해서 날뛰었다.

아내가 자신을 '첩의 자식'이라 불렀다 하여 정실 대신 첩을 데리고 온 자였다. 조선에서 배려한 관기를 억지로 첩으로 삼아 품은 놈. 젖을 다 받아먹지 못하고 온 놈처럼 그 관상을 보면 아첨과 배신을 밥먹듯 할 천하의 간신배 상이었다. 피를 불러올 상이었다.

영익에게 원세개와 가까이 지내며 기밀을 빼내되 마음은 주지 말라 일렀지만 원세개란 놈은 만만치 않았다. 왕비는 원세개가 마음 약한 영익과 중신들에게 뇌물을 퍼주고 있음을 알았다. 원세개는 조선에 온 청국군의 급료를 착복해 그 돈을 뇌물로 찔러주고 있었다.

원세개는 조선에서 가장 귀한 무역품인 홍삼을 청국 군함으로 밀수해 엄청난 돈을 만들고 있었다.

임오군란 때 중국에서 상인들을 데려올 때부터 조선에서 큰 돈 벌겠다고 작심한 놈이었다. 갑신정변 때 원세개는 심순택에게 청국군을 청병한다는 공문을 보내게 했다.

왕비는 얼굴을 요에 파묻었다.

아침마다 몸이 힘들어 일어나기 싫을 때가 한두 번이 아니다. 속이 답답하고 갈수록 마르고 있었다. 그러나 꼿꼿이 다시 일어나 누구보다 활기차게 웃고 명령했다.

영어시험장의 국왕

"중전 좀 어떻소?"

왕은 왕비의 이마에 손을 얹었다.

"아직도 열이 많소. 어의를 불러라."

"전 괜찮습니다. 육영공원에서 가르칠 미국인이 곧 도착할 거라 하옵니다."

"그것보다 옥체에 신경을 쓰시오 중전."

왕의 얼굴에 엷은 피로감이 지나갔다.

"전하 불편하신 데라도 있사옵니까?"

왕비가 왕의 심기를 조심스레 살폈다.

"아니오. 육영공원도 서구문물을 배우자는 건데 쓸모가 있는지 잘 모르겠고, 옥균 그놈에게 그 많은 돈을 주고 사람들을 일본에 유학시키라 하지 않았소. 제 놈 수하로 만들어 모반이나 하지 않나."

"육영공원은 신하에게 서구문물을 가르쳐 전하의 팔과 다리가 되도록 하는 일이옵니다."

원세개가 끊임없이 겁박하고 친청파親清派들은 왕의 개화 작업을 반대하고 있었다. 안팎으로 시달리는 왕은 지치고 고단했다. 빨리 앞으로 달려나가고 싶은데 발목을 잡는 일뿐이었다.

1886년 7월 5일 아침.

나가사키에서 쓰루가마루호를 타고 미국인 세 명이 제물포에 도착했다. 육영공원에서 가르칠 미국인 청년 교사 헐버트, 벙커, 길모어였다. 이 중 스물네 살의 호머 헐버트가 가장 정력적이었다. 조선으로부터 교사 추천을 받은 미 국무부는 교육위원장인 이튼에게 이를 맡겼다. 이튼은 캘빈 헐버트 목사에게 "아들을 조선에 보내는 게 어떻겠느냐"고 물었다.

"극동의 코리아라는 나라에서 교사가 필요하다는데 가보지 않겠니?"

캘빈 헐버트 목사는 아들 호머 헐버트에게 물었다. 헐버트는 명문인 다트머스대학을 졸업하고 신학대학을 다니고 있었다. 헐버트는 '코리아'란 이름을 듣자 가슴이 뛰었다.

"아버지, 제가 가겠습니다."

헐버트의 아버지는 대학총장을 지냈고, 어머니는 다트머스 대학 설립자 집안이었다. 헐버트 자신은 라틴어와 그리스어 · 히브리어 · 시리아어 등 7개어를 구사할 만큼 언어에 특출난 재능을 타고났다. 헐버트는 한성에 오자마자 조선어 선생을 고용해 매일 공부했다.

"이-완-용-."

1886년 9월 육영공원 개강 첫날. 헐버트가 조선말로 학생 이름을 부르자 교실에선 웅성거림이 들렸다. 미국인 교사가 첫날부터 조선말을 하리라곤 상상도 못했다. 이후 육영공원에서 1년간 배운 이완용은 박정양을 수행해 워싱턴 미국 공사관에 파견됐다.

학생 14명은 관리 중에서 선발했고, 21명은 양반 자제 중에서 뽑은 자들이었다. 스무 살에서 많게는 서른 살까지 배우게 했다.

"전하, 육영공원 수업이 잘 되고 있다 합니다."

왕비가 활기차게 말했다. 왕비는 국왕 탄신일에 맞춰 교사들에게 쇠고기 30파운드와 생선 · 사과 · 배 · 닭 · 달걀을 보내 격려했다.

"전하가 '합중국처럼 교육하라'고 명하신 건 탁견이셨습니다."

왕비는 육영공원에 대해 매일같이 보고를 받고 있었다.

"열심히 한다니 기쁘오."

"전하가 학업에 태만하면 엄벌을 내리겠다 하셨는데 어찌 소홀히 하겠사옵니까. 협판도 매일같이 나가 수업을 지켜보고 있습니다."

왕비의 말을 듣자 왕의 표정이 환하게 변했다. 왕은 내심 육영공원에 기대를 걸고 일일이 챙기고 있었다. 큰 돈을 주고 불러온 미국 교사인만큼 학도들이 열심히 할 것을 엄명했다.

"매달 시험을 치르라고 했소. 다음 시험은 내가 직접 주관해볼 참이오."

시험날 왕은 탁자를 앞에 두고 앉았다.

왼쪽으로 세자가 앉고 다른 쪽에 대신들이 조용히 앉았다. 학생은 이름이 호명되자 덜덜 떨면서 들어왔다. 왕에게 깊숙이 절을 올린 뒤 공손히 꿇어앉았다.

왕의 손에는 영어 시험지와 답안지가 들려있었다. 영어 아래에는 한글로 발음이 적혀 있었다.

"'나는 모릅니다'를 뭐라 하느냐?"

"예 전하, 'I do not know' 입니다."

"통通이다."

"황공하옵나이다 전하."

시험을 마친 뒤 헐버트와 교사들은 궁에서 식사 대접을 받았다.

"조선에서 사는 게 불편하지는 않소?"

왕은 헐버트에게 서글서글한 웃음을 지으며 물었다. 헐버트는 왕의 이목구비가 또렷하고 목소리가 매우 좋다고 생각했다. 무엇보다 권위적이지 않고 적극적이며 쾌활해서 좋았다.

"한성의 공기가 너무 맑고 주변 풍경이 아름답습니다. 얼마 전 창덕궁에서 과거시험이 열려 구경했는데 깜짝 놀랐습니다."

"왜 놀랐소?"

"울창한 숲에 둘러싸인 창덕궁이 지극히 아름다워서였습니다. 스페인의 알함브라 궁전 못지않게 우아하고 멋진 왕궁이었습니다."

"그랬소. 반가운 소리요."

왕은 헐버트의 구체적인 찬사를 듣자 기분이 좋아졌다.

"저는 한글의 위대함에 탄복하고 있습니다. 세계에서 가장 독창적이며 과학적인 언어 중 하나입니다. 앞으로 더 깊이 연구해보려 합니다. 한글을 만드신 세종대왕은 굉장한 분입니다."

"하하, 벌써 그런 것까지 알아봤소. 세종대왕을 낳으신 원경왕후는 우리 중전의 집안 어른이시기도 하오."

왕을 폐위하라

제물포에 10명의 장수를 태운 청국 군함이 도착했다.

여순항에는 청국 군병 300명이 조선 출동을 기다리고 있었다. 1만 명의 청국 군병을 실은 최신 군함은 황해에서 대기 중이었다. 청국 북양대신 이홍장이 명령을 내린 것이었다. 원세개가 이홍장에게 왕과 왕비가 계속 청국의 손아귀에서 벗어나려 한다며 밀고하자 이홍장이 청국 군을 동원했다.

제물포와 청국 상황은 속속 왕궁으로 보고되었다.

"민 판서, 장병들 준비는 됐소?"

원세개가 민영익을 향해 빰을 씰룩이며 종이 위에 필담을 시작했다. 민영익은 원세개가 쓴 글을 읽자 두 다리에 힘이 쑥 빠졌다.

"군병들을 궁궐 가까이에 잠복시켜야 하오. 운현궁과 왕궁에 불을 지르면 이를 신호 삼아 우리 청군이 쳐들어갈 것이오. 그때 민 판서가 키운 조선 군병도 우리 군을 뒤따라 들어가야 하오."

민영익은 아래턱이 떨리는 걸 억지로 잡아챘다.

"임오군란 때 국태공을 가마에 태워 천진으로 보낸 것처럼 할 것이오."

원세개가 튀어나올 듯한 눈으로 민영익을 쳐다보았다.

"왕과 왕비, 세자를 잡아갈 것이오. 이들이 제거되면 조선의 정무는 국태공이 맡을 것이오. 조선같이 썩어빠진 나라가 청국의 하늘 같은 은혜를 모르고 망동을 하다니. 당장 왕과 왕비를 끌어내 배은망덕한 자의 말로를 보여주겠어."

민영익은 임오군란과 갑신정변 때 청군이 닥치는 대로 죽이고 대원군마저 납치한 걸 기억하고 있었다. 이홍장과 원세개는 왕과 왕비, 세자를 납치하고 조선을 무자비하게 짓밟을 자들이었다. 원세개는 필담을 나눈 종이를 짝짝 찢어 태워버렸다.

왕이 미국인 외교 고문 데니를 시켜 미국은행에서 차관을 받으려 하자 원세개가 펄쩍 뛴 것이다. 원세개는 청국에서만 차관을 얻으라고 강요해 조선에 대한 지배를 강화해왔다.

왕비는 특히 광산 채굴권에 기대를 많이 걸었다. 미국이 광산에 대해 조사한 결과 시장성이 크다고 판단했다.

"전하 광산 채굴권은 미국에게 주는 게 좋겠습니다. 미국이 조선에서 가장 관심을 갖는 것이 광산 채굴권이니 그걸 주어 재정에 도움을 얻고 청나라의 횡포를 견제하는 게 좋을 듯해서요. 멀리 보면 청국이나 왜국은 믿을 종자들이 못됩니다. 미국이나 아라사와 손 잡는 게 낫습니다."

"일리가 있는 말이오. 청국놈들이 평양에서 떼로 몰려다니며 밀매를 하니 아예 개항을 해서 싹을 잘라 버려야겠어."

왕은 외교 고문 데니를 급히 불렀다.

"덕니(데니) 당신이 미국은행에서 150만 달러를 빌려오시오. 그 돈으로 청국에서 얻은 차관을 다 갚고 평안도 광산을 개발하려 하오. 평양은 밀무역장이 됐으니 이제 정식으로 개항해 해관세를 받을 것이오."

"옳은 의견이십니다. 미국도 조선의 채굴권에 일찍부터 관심이 많았사옵니다. 제가 미국은행과 협상해 잘해보겠습니다. 청국인들이 관세를 내지 않으려고 평양에서 밀무역을 해대니 가뜩이나 재정이 어려운 조선을 엉망으로 만들고 있습니다."

"평양의 밀무역은 원세개 그놈이 드러내놓고 돕고 있으니 기가 찰 노릇이오."

그러나 이홍장은 평양이 청국의 우장牛莊과 가까워 자신들이 손해라며 왕의 미국 차관 도입을 반대했다.

"조선왕을 끌어내려야 합니다."

원세개는 왕과 데니의 미국 차관 소식을 듣고 이홍장에게 대담하게도 왕의 폐위를 주장했다.

"원세개, 이 죽일 놈."

왕은 민영익으로부터 원세개의 폐위 음모를 극비리에 듣자 온몸의 털이 곤두섰다. 온몸의 피가 거꾸로 솟았다.

"전하, 묘책이 있을 것이옵니다."

"중전과 나, 세자까지 납치해갈 생각이라니…."

왕의 눈은 핏줄이 터져 새빨갛게 물들었다.

"안 자고 있었던 거요?"

동이 틀 무렵 겨우 잠자리에 든 왕이 깨어났다. 왕비는 오롯이 앉아 뜬눈으로 밤을 새고 있었다. 왕이 노심초사하는 모습에 도저히 잠을 들 수가 없었다.

"전하의 심려가 큰데 어찌 제가 잘 수 있겠습니까. 소신이 골몰히 생각하였는데 덕니를 원세개에게 보내시옵소서. 이미 우리가 놈의 흉악한 계략을 알고 있다고요."

"우리도 합중국과 구라파에 전권공사를 보내야겠어."

"전권공사를 파견한다고요?"

왕비가 흥미로운 듯 바짝 다가 앉았다.

"청국은 앞으로도 사사건건 우리의 발목을 잡고 늘어질 거요. 개화를 하려면 구미의 차관이 필요한데 청국이 계속 반대하면 희망이 없어. 지금 외아문에는 원세개가 뇌물로 포섭한 자들로 그득하니 전권공사를 보내 각 나라와 직접 교섭해야겠소."

"그거 묘책이옵니다 전하."

왕비는 무릎을 치며 좋아했다.

"주상 전하와 왕비 전하, 세자 저하를 청국으로 데려간다는 소문이 사실이오?"

미국인 외교 고문 데니는 원세개를 찾아가 날카롭게 물었다.

"무슨 소리요? 별소리를 다 듣겠네."

원세개는 깜짝 놀라 펄쩍 뛰었다.

"원 대인이 군함으로 국태공을 천진에서…."

"닥치시오. 그런 말을 왜 여기 와서 나한테 묻는 건가?"

원세개는 데니를 노려보며 소리질렀다. 독일인 묄렌도르프가 청국 대신 조선을 편든다는 이유로 해임된 이후 온 자가 데니였다. 이홍장이 묄렌도르프를 보낸 것은 조선이 외국과 통상하는 걸 감시하고 청국의 이해를 벗어나지 않게 하려는 의도였다. 그러나 묄렌도르프는 이홍장의 계산과 달리 조선과 왕비에게 더 기울었던 것이다. 이홍장이 묄렌도르프를 제거하고 앉힌 자가 미국인 외교 고문 데니였다.

"덕니, 당신은 누구 때문에 이 자리에 올라있는 줄 아오? 북양대신께서 당신을 천거하지 않았으면 오지도 못했어. 북양대신과 청국에 충성해야 할 사람이 지금 누구 편에 선 것이오?"

원세개가 데니를 거칠게 몰아붙였다.

'왕비가 미리 알아버렸군. 쳇. 다 글렀다.'

원세개는 왕과 왕비를 납치하고 폐위하려던 계획을 포기하는 수밖에 없었다.

"드디어 청국 군함이 왔군. 한판 붙는 건가?"

인천해관 세무사 쇠니케가 소리쳤다. 일본영사관과 조선에 나온 각국 외교관들도 술렁였다.

이홍장이 박정양을 체포하기 위해 군함을 급파했던 것이다.

왕이 박정양을 주미전권공사로 전격 임명하자 원세개는 군함을 몰고 오겠다며 펄펄 뛰었다. 왕이 이를 무시하자 이홍장이 군함을 보냈다.

왕도 지지 않고 천진으로 신하를 보내 "조선은 자주로 전권대사를 보낼 수 있다"며 강력하게 항의했다. 왕은 청국의 간섭이 극에 달하자 웅심雄心을 내기 시작했다.

딘스모어 미국 공사는 왕을 지지하며 미 군함을 제물포로 불러 박정양을 영접하도록 했다.

쾅! 쾅!

이홍장은 박정양이 인천을 떠났다는 전보를 받자 경유지인 나가사키에 군함을 보내 공포탄을 쏘아댔다. 배에 탄 박정양과 참찬관 이완용의 얼굴이 새파랗게 질렸다.

"저- 저런 몹쓸 놈들이 있나."

박정양이 부르르 떨며 분을 참지 못했다. 이홍장은 미국과의 전면전은 원치 않았기에 정면 공격은 피했다. 박정양은 배가 큰 바다로 빠져나가서야 안도의 숨을 내쉬었다.

미국에 도착한 박정양은 어명에 따라 직접 미국 대통령을 예방, 신임장을 제출했다. 이홍장이 조선 공사는 주미 청국 공사의 안내와 지시를 따라야 한다고 못 박았지만 이를 거부했다.

'전하의 명에 따르겠사옵니다.'

박정양은 왕의 밀지를 생각하며 이를 악물고 버텼다. 자칫 청국에서 박정양을 잡아가 무거운 벌을 내릴지 몰랐다. 박정양은 워싱턴에 태극기를 걸고 최초의 주미 공사관을 열었다.

풍물굿

꽹꽹꽹-

둥둥-

징-징-

새벽공기를 뒤흔드는 소리에 이 진사는 창문을 벌컥 열었다.

"풍물패인가?"

문을 열고 들어오는 친구 민범호가 물었다. 민범호는 막 얼굴을 닦았는지 입술 아래 수염의 물기가 마르지 않았다.

"굿하러 가는군. 오늘 진종일 시끄럽겠어. 나라에선 저놈들 좀 안 잡아가나. 원 시끄러워 살겠나."

이 진사는 풍물패 상쇠가 꽹과리를 두드리는 마냥 장죽으로 놋그릇을 요란하게 두들겼다.

"저렇게 몰려가 당산굿을 올리고 논에서 풍물굿을 쳐야 풍년이 든다는데 어쩌겠나."

"정월 보름이라고 놀고, 호미걸이한다고 놀고, 호미 씻는다고 또 놀고. 일을 하는 건지 놀판만 벌이는 건지 원."

이 진사는 민범호의 말에 버럭 짜증을 내려다 참았다. 행색은 초라해도 명색이 여흥 민씨였다.

"굿을 칠 때마다 머슴이고 계집종이고 죄다 몰려나가 춤판을 벌이니 엥."

이 진사는 아끼는 계집종이 풍물굿이 벌어질 때마다 환장하는 게 질색이었다. 언놈하고 배가 맞는 건 아닌지.

"한 해 두 해 된 일도 아니고 수백 년 된 일 아닌가."

풍물 소리에 귀기울이던 민범호가 말했다.

"헤헴- 그나저나 자네 올라갈 때 풍물패 농기農旗와 만나거든 말에서 내리는 시늉이라도 하게. 괜히 봉변당하지 말고."

"그 정도야 나도 알지. 농신農神을 모신 농기 아닌가. 함부로 했다간 큰일 나지. 하하."

민범호가 호탕하게 웃었다.

"우리 집 머슴이 두레장원에 뽑혔어. 녀석이 두레패에서 농기를 드는 숫총각이라 잘 알지."

"머슴이 두레장원에 뽑혔어? 장원질하느라 자네 돈깨나 축났겠네."

이 진사는 민범호의 머슴이 쓸 만하겠다고 생각하자 샘이 났다.

꽹꽹꽹-

둥둥-

징-징-

풍물패의 길군악 소리가 마을의 집과 논밭을 떠나갈 듯 울렸다.

산 같이 거대한 농기가 위엄을 드러내며 나타났다. 꿩 깃을 묶어 단 농기에는 '농자천하지대본農者天下之大本'이라 힘차게 쓰여 있었다. 그 뒤로 영令자를 쓴 한 쌍의 푸른 기가 농기를 호위하듯 따랐다.

드디어 상모를 쓴 상쇠가 나타났다. 상쇠는 상모에 눈같이 희고 보드라운 두루미 겨드랑이 깃털을 달았다. 꽹과리를 들고 암채와 수채를 쳐대는 손이 날아갈 듯했다. 두 발은 가볍고 경쾌했다. 상쇠의 눈은 풍물패의 장단과 가락을 휘어잡으며 끈을 놓지 않았다.

벙거지를 쓴 쇠잽이가 징을 울리자 주변이 아련해지며 묘한 세계로 이끌었다. 고깔을 쓴 장구잽이와 북잽이도 신묘한 소리를 내며 잡된 생각을 서서히 몰아냈다.

풍물패 뒤로 한 손에 호미를 든 두레패들이 힘차게 행진했다.

두레패 사내들의 씩씩하고 기운찬 발걸음에 지축이 울리는 듯했다. 열여섯부터 쉰다섯까지 마을에서 일 잘하고 힘 좋은 장정들이었다. 두레패 중 일부가 풍물패로 뽑혀 농악기를 익혔다.

"얼씨구."

풍물패의 길군악을 구경하던 아낙이 춤을 추었다. 가슴이 터질 듯 흥분되더니 주체하지 못할 경지가 됐다.

"얼씨구."

"저건 왜 해요?"

아이가 길군악을 보며 할아버지에게 물었다.

"굿 쳐주면 벼들이 좋아하거든. 벌레와 잡귀신은 풍물굿을 싫어하니까. 굿 쳐줘서 벌레도 막고 잡귀신도 물리치는 거지. 먼저 당산 가서 굿 한 번 하고, 그 담에 논에 가서 굿 쳐준단다."

할아버지는 밭고랑만큼 깊이 패인 주름을 씰룩이며 말했다.

"우리 동네만큼 화려하진 않네."

맨상투를 한 사내가 팔짱을 낀 채 한마디 했다.

"잡색을 말하는가?"

할아버지가 낯선 사내를 힐끔 쳐다보며 물었다.

"잡색들은 밤 굿판에 나오지. 풍물굿이야 온 동네마다 열리는데 어떻게 다 같겠어. 자네 고향이 동래랬지? 동래는 들놀음이 유명하던가?"

풍물패를 구경하던 자가 나서서 말했다. 스승의 심부름을 받고 온 달수였다.

"우리 길놀인 진짜 볼 만해. 오색등이 한 오백 개 늘어서서 화등花燈 밭이야. 술과 음식을 잔뜩 쌓아놓고 누구나 먹을 수 있게 해."

"그건 어느 마을이나 같지."

"이럴 때도 있어야 우리 같은 무지렁이들도 살지. 이놈한테 뜯기고 저놈한테 맞고 살 수가 있나."

풍물을 앞세운 두레패는 제사를 올리기 위해 당산으로 가고 있었다. 한껏 흥이 올라 기운이 하늘로 솟구쳤다. 마을 신당인 당산에 가 농기를 꽂았다.

제물을 진설하는 동안 풍물굿을 쳤다.

굿을 끝내고 논으로 몰려갔다.

둥-둥-둥

북은 논둑에서 울리고, 꽹과리와 장구는 힘쓰는 두레패의 뒤에서 힘차게 울렸다.

"여 여 여 여루 상사뒤여-"

"여보시오 농부님네-"

목청 좋은 자가 먼저 소리를 메기면 두레패들은 이를 받아

흥을 돋웠다. 혼자 하면 허리가 끊어질 듯 고되고 지루한 농사일도 두레굿을 치며 하면 신이 나고 힘이 들지 않았다.

일이 끝나면 넓은 들로 나가 걸쭉한 굿판을 벌였다. 잡색인 포수와 각시, 양반 광대, 중·할미가 요란하게 등장하고, 풍물패가 굿을 치면서 쇠발림이 벌어졌다.

상쇠는 황색과 청색, 홍색 띠를 뒤로 길게 늘어뜨리고, 등에는 둥근 쇠조각을 붙인 채 상모놀음을 펼쳤다. 탐스런 깃털을 단 상모는 움직일 때마다 펴졌다 오므라졌다. 여성의 가장 신비로운 곳처럼 묘한 분위기를 자아냈다. 상모를 단 채가 꼿꼿이 설 때면 남성의 성기같이 힘을 분출했다.

옥분이는 치마를 바짝 들고 굿판으로 달려 나왔다. 열두 발 상모를 돌리는 총각을 보기 위해서였다. 나비가 날 듯 옆으로 몸을 홱홱 돌리며 자반뒤집기를 하는 모습에 홀딱 반해버렸다. 열두 발 길고 긴 채상모를 돌리는데 기가 막혔다.

느린 박자로 시작한 꽹과리, 북, 장구, 징이 점점 빨라졌다. 굿패들은 자신이 채를 휘두르는 줄도 모르고 혼몽해졌다. 채가 저절로 움직이고 있었다. 사람들은 덩실덩실 손발이 움직이고 가슴에서 뜨거운 것이 솟구쳤다. 사람을 좀먹던 불안과 삿된 기운이 풍물굿을 이기지 못하고 터져 나왔다.

"얼씨구."

이리 뜯기고 저리 치여 삶이 고단했던 사람들은 모든 걸 잊고 뜨거운 눈물을 쏟아냈다.

이 진사는 날이 밝기를 지루하게 기다렸다. 닭이 우는 소릴 듣자마자 벌떡 일어났다.

간밤에 옥분이를 찾았는데 나가고 없었던 것이다.

'이런 잡것이 있나.'

씩씩거리던 이 진사는 옥분을 찾아오라 소리쳤다. 한참 후에 머리가 부스스한 옥분이가 옷고름을 고치며 나타났다.

"어젯밤에 어디 갔었더냐?"

이 진사의 눈에 독기가 올랐다.

"예…나으리."

옥분은 이 진사 앞에서 몸은 굽신거렸지만 정신은 혼몽했다. 열두 발 상모의 체취가 가시지 않았다. 회오리처럼 자반뒤집기를 해 박수를 받은 열두 발 상모가 옥분이의 눈과 깊게 마주쳤다. 누가 먼저랄 것 없이 둘은 손을 잡고 숲속으로 들어갔다.

호리호리해 보이던 열두 발 상모의 몸은 단단하기가 몽둥이 같았다. 징 소리가 멀리서 한 번은 강하게 한 번은 약하게 울리며 숲을 에워쌌다. 커다란 원심을 그리듯 몽롱한 징소리가 두 사람을 다른 세계로 몰아갔다. 옥분이는 열두 발 상모를 안아봤으니 소원을 푼 듯했다.

"밖에 누구 없느냐? 바람난 이 잡것을 광에 가두고 물도 주지 말거라."

옥분이가 울며불며 매달렸지만 이 진사의 도끼같은 눈은 풀리지 않았다.

민범호가 끌려나가는 옥분이를 보았다.

"무슨 일인가? 아침부터."

"천한 것이 굿판에서 몸을 굴러먹어 버릇을 단단히 고쳐놔야 정신을 차리지."

"굿판? 어제 풍물굿 말인가?"

"쳇 풍물이고 뭐고 간에 자고로 굿은 음사淫祀라고 나라에서도 금하고 있는데 말이야."

"그게 어디 하루 이틀만에 없어질 일인가? 고려 때부터 아니 그 전부터 섬기고 제사를 올리던 일인데. 왕실에서 올리던 별기은別祈恩 제사도 있고."

"고려고 뭐고 조선에선 금했으면 말아야지."

이 진사가 밥을 푹 떠서 황태국에 말기 시작했다. 간밤에 제대로 못 자 입안이 까칠했다. 옥분이에게서 나던 사내 냄새도 구역질이 났다.

"유생들이 난리를 쳐서 무당을 도성 밖으로 쫓아내고 신상神像도 때려부셨지."

"암 그래야지."

이 진사가 숟가락을 입에 푹 쑤셔 넣었다.

"뒤에선 사대부 집으로 무당이 몰래 들어오고 있잖나."

"암튼 주리를 틀든지 따끔한 맛을 보여야 해."

이 진사는 씩씩거렸다. 민범호는 소작인에게 아귀같다는 말을 듣는 이 진사를 쳐다보았다. 말을 듣지 않으면 잡아 가두고 치도곤을 한다고 들었다.

"자넨 어찌 그리 음사에 대해 잘 아나? 사서삼경은 죽어라 외우면서."

이 진사가 이죽거리듯 뱉었다.

"중전마마께서 별기은과 제사를 올리는 데 각별하셔서 내력을 알아봤지. 고려만 해도 왕이 하늘에 제사를 올렸거든. 불교를 받들긴 했지만 팔관회에도 음악과 춤, 백희百戲가 주를 이뤘네. 그건 불교 전통이 아니라 삼한과 삼국의 전통이거든. 오랫동안 내려온 천제를 녹여 넣은 거지."

이 진사는 중전마마란 말에 움칠했다. 격분해서 민범호가 중전의 일가라는 사실을 잠시 깜빡했다. 이 진사는 비릿한 웃음을 지었다.

"팔관회 때는 선랑들이 제례의 중심이었어. 우리 집안에는 국선을 지낸 분이 계시네."

"선랑? 화랑 같은 건가? 하여튼 상것들이 하는 굿판인지 춤판인지 싹 거둬 없애야지. 사내와 계집이 섞여 도는 통에 음란하기가 말로 다할 수가 없어."

이 진사는 입안에 걸리는 황태 가시를 쾍 뽑으며 말했다.

"그림으로 그린 신상神像도 찢어버리고, 나무로 깎아 세운 신상도 태워버리니 하는 수 없이 산당이 크고 오래된 나무로 신위神位를 삼은 거 아닌가. 산당이 천신을 모셔놓은 곳인데 마을의 액을 막아주고 복을 준다는 천신을 함부로 대하면 큰 일 나지."

왕비의 주치의

릴리어스는 연꽃 위에 뜬 커다란 궁전을 보고 홀린 듯 바라보았다. 건장한 남성의 느낌이 나는 다리 위에 세워진 전각이 향기로운 연꽃과 어우러져 천상의 궁전같았다. 경회루의 아름다움에 빠진 것이다.

릴리어스는 지난봄 조선에 의료 선교를 위해 첫발을 디뎠다. 왕비는 주치의였던 엘러스가 결혼을 하자, 릴리어스에게 주치의를 맡기기 위해 불렀다.

가마에서 내린 릴리어스는 여러 개의 문을 지나 대기실로 들어섰다. 유럽식 테이블 위에는 과자와 샴페인, 담배가 놓여 있었다.

'왕비는 어떤 사람일까?'

마른 체구에 눈빛이 맑은 릴리어스였다. 릴리어스는 선교사들로부터 왕과 왕비가 묻는 말 외에는 한마디도 말라는 당부를 거듭 들었다. 릴리어스는 상궁과 내관, 신하들이 쭉 늘어선 곳으로 들어섰다.

붉은색 곤룡포에 검은 익선관을 쓴 왕이 빙그레 웃고 있었다.

"먼 길을 오느라 수고가 많았소. 오는 길에 불편함은 없었소?"

왕은 온화한 표정으로 물었다.

"예. 큰 불편 없이 지내고 있습니다."

릴리어스는 옆에 앉은 왕비를 바라보았다. 마른 체구에 창백한 얼굴, 눈빛과 높은 코, 얇은 입술이 날카로운 인상을 주었다. 사람을 꿰뚫어 보는 듯한 눈이었다. 얼굴에서 강한 힘과 지성이 느껴졌다.

"합중국 시카고란 곳에서 왔지요?"

"예 중전마마."

"귀국의 대통령이 바뀌었다지요? 민주당 대통령으로 바뀌었다고 들었어요."

"예 중전마마."

릴리어스는 왕비가 대통령이 교체된 사실까지 알고 있자 깜짝 놀랐다. 왕비의 두 눈이 부실 정도로 빛났다.

"앞으로 내 시의侍醫로 일해주세요."

왕비는 젊은 미국 숙녀 릴리어스의 손을 잡으며 다정하게 말했다.

"왕과 왕비를 알현한 인상이 어땠어요?"

결혼으로 벙커 부인이 된 엘러스가 릴리어스에게 물었다.

"왕은 생각보다 훨씬 잘 생겨서 놀랐어요. 친절하고 우호적이었어요."

"왕비는요?"

"처음엔 너무 날카로워 보였는데 지성과 재치를 갖춘 우아한 귀부인 같아요."

"그렇죠?"

"굉장히 지적이고요. 동양의 다른 왕비를 만난 적은 없지만 독보적일 거 같아요. 이 작은 나라에 있으면서 미국과 유럽의 사정을 자세히 알고 있었어요. 놀랐어요."

"그래서 왕비가 '비범한 외교관'이란 소릴 듣나 봐요. 험담하는 남자들도 있지만 우리처럼 직접 만나보면 매력에 빠져 버린다니까요."

"일본에서 듣기로는 조선의 왕비가 피도 눈물도 없다는 나쁜 말만 들었어요."

"나도 그랬어요."

"오, 정말인가요?"

"왕비의 주치의를 하면서 이런 얘기도 들었어요. 왕궁에서 은으로 만든 비싼 제기祭器가 없어졌나 봐요. 발칵 뒤집혀져서 도둑을 찾아야 한다고 했는데 왕비가 조용히 말렸다고 하더군요. '괜히 무고한 사람이 걸려들 수 있다'면서요."

"어쩜, 현명하네요."

"저하, 옥체는 좀 어떠하십니까?"

"어서 오세요. 왜 이렇게 오래 뜸했어요?"

얼굴이 핼쑥해진 세자가 태웅을 보자 뛸 듯이 반색을 했다. 장에 탈이 난 세자는 며칠간 일어나지도 못할 정도였다.

"청국엘 다녀오느라 오래 문안 올리지 못했습니다."

태웅은 자신의 손을 잡고 흔드는 세자에게 미소를 지었다. 세자는 청국과 일본을 다녀 식견이 넓고 성격이 서글서글한 태웅을 좋아했다.

태웅은 왕비의 명을 받고 상해와 천진을 들러 외국 신문과 서책을 잔뜩 사 가지고 왔다.

왕은 갑신정변으로 나라가 뒤집혔지만 5개월 만에 신문을 속간하라는 명을 내렸다. 〈한성순보〉를 발간하던 박문국이 갑신정변으로 철저하게 파괴되었다. 신문 속간에는 왕비의 적극적인 권유가 있었던 것이다.

정변 당시 난민들은 박문국이 개화당의 근거지라며 때려 부수었다. 청국과 일본에서 어렵게 사들인 비싼 서적들도 그때 불타버렸다. 하지만 왕과 왕비는 굴하지 않고 개화를 밀어부쳤다.

〈한성순보〉를 속간하면서 일본에서 인쇄 기계를 구입하고, 활자를 위해 주자판도 들여왔다. 4명이던 담당을 12명까지 늘리고 이름을 〈한성주보〉로 바꾸었다.

"〈한성주보〉에 외국 소식을 실어야 하기 때문에 천진과 상해에서 신문과 새로 나온 책들을 사 오라 분부하셔서요. 새로 나온 〈한성주보〉 한 부 가져왔습니다."

세자는 태웅이 올린 〈한성주보〉를 보았다.

"어마마마께서 신문은 꼭 있어야 한다고 말씀하셨어요. 백성들이 개화에 대해 널리 알아야 하기 때문에 신문이 필요하다고요. 어마마마는 아무리 바쁘고 고단하셔도 외국 신문을 번역해 올린 글은 반드시 읽어보세요. 샅샅이 읽고 아바마마께 말씀 올리세요."

"신문은 중요합니다. 다른 나라의 사정을 모르면 큰 낭패를 보니까요. 일본의 후쿠자와는 신문을 발간해서 큰 영향을 끼치고 있지요. 후쿠자와의 부추김을 듣고 김옥균과…."

순간 태웅은 아차 싶었다. 김옥균의 이름만 올려도 치가 떨리는 상황이었다.

"〈한성주보〉는 새로 속간하면서 언문으로 쓴 소식도 많이 늘었습니다."

"정말이네요."

"한문을 모르는 상민도 널리 읽히라는 분부십니다. 재밌는 걸 보여드릴까요? 여기 보십시오. 농공상을 하는 자가 오면 광고를 내준다는 공고입니다."

"아바마마가 공업과 상업도 키워야 한다고 하셨는데 이리 명을 내리셨군요."

"예 저하."

"시간 내서 읽어볼게요. 청국이나 왜국 모두 원수 같지만…."

세자가 주먹을 움켜쥐었다.

"어마마마께선 총칼로 적들을 죽이는 게 능사가 아니라고 하셨어요. 우리가 먼저 힘을 기르고 그들이 얼마나 잘못한 지를 깨닫게 해주는 게 더 상책이라 하셨어요. 사람은 함부로 살상하는 게 아니라면서요."

녹명관 스캔들

"이봐 이토의 스캔들에 대해 얘기 좀 해봐."

니시무라는 양복 단추를 풀면서 나가노의 잔을 가득 채웠다.

"취재원 보호는 꼭 지킬 테니. 이토가 한 일을 들어보니 짐승만도 못하더군."

이노우에 가오루가 열강과의 불평등한 조약을 개정하겠다며 야심차게 지어놓은 로쿠메이칸. 서양을 흉내내는데 혈안이 된 자들의 성 같은 그곳에서 이토가 부하의 아내와 불미스런 일을 저질렀다.

"이토에게 실망했어."

관제개혁으로 내각제가 되면서 국정의 최고책임자가 태정

대신에서 내각총리대신으로 바뀌었다. 가문에 상관없이 능력이나 권력을 쥔 자가 총리대신에 오를 수 있는 지각변동이었다. 이토 히로부미는 무사 중에서도 최하급인 아시가루보다 낮은 신분이었다. 메이지 유신 3걸의 한 사람인 기도 다카요시의 시종이었다. 그런 이토가 천황과 가장 가까운 중책을 거머쥔 총리대신에까지 올랐다.

일본 역사에서 이토 히로부미의 신분 상승을 견줄 자는 도요토미 히데요시뿐이었다.

"비루한 자가 깜짝 출세를 했으니 그런 거 아닌가."

니시무라가 낄낄거렸다. 그러나 말소리는 한껏 낮추었다. 이토가 곳곳에 깔아놓은 정보원이 엿듣고 있을지 몰랐다.

"원래 천한데다 색마니까 그런 일을 저지르지."

"난 자세한 내막은 몰라."

"내가 로쿠메이칸 스캔들을 말해주면 자넨 이토에 대한 극비를 털어놔."

나가노의 얼굴이 험악해졌다. 니시무라는 육감적으로 나가노가 뭔가 큼지막한 걸 알고 있다고 전부터 눈치챘다. 최고 권력자의 약점을 쥐면 대단한 거래를 할 수 있었다.

"내가 뭘 안다고."

"자네의 우정을 믿고 로쿠메이칸 스캔들은 얘기해주지. 20일 밤에 말이지…."

이토 히로부미 총리 부부는 로쿠메이칸에서 호화스럽기 그지없는 가장 무도회를 열었다.

무도회를 주최한 이토 부부는 6세기 베니스 귀족 차림으로 잔뜩 치장하고 손님을 맞았다. 대신들과 귀족들은 서양 고대 군복이나 서양 귀족의 옷차림으로 꾸며 나타났다. 이토와 대신들은 자신들의 무도회 의상을 모두 국비로 독일에서 사들였다.

"독일 공사관의 다니가 세금으로 대신들의 옷을 사대느라 피가 끓는다 하더군. 무도회 옷을 사대느라 거만금을 들였으니 말이야."

나가노는 술잔에 넘치는 술을 혀로 핥았다.

"황후 드레스도 14만 엔이나 들었다잖아. 서양 흉내 내느라 미친 거지. 이토가 색마를 드러내지만 않았어도 드레스 건은 넘어갈 수도 있었는데."

이토는 그날 무도회에 참석한 도다 우지다카의 아내 기와코를 몰래 정원 숲으로 불러낸 뒤 범했다. 도다 우지다카는 오스트리아 헝가리 스위스 공사를 지낸 자로, 이토가 헌법 조사 연구를 위해 유럽에 갔을 때 수행했다. 부하였던 의리를 생각하면 도저히 있을 수 없는 일을 저지른 것이다.

"그의 천박한 이기심이 화를 불러올 거야."

탁!

나가노는 파이프 찌꺼기를 긁어내는 칼을 탁상에 꽂았다.

"아니 이 사람 이 비싼 상이 뭔 잘못이 있다고 이러나. 옻칠을 해서 엄청 비싸겠는데."

니시무라가 찍혀서 금이 간 상을 문지르며 황당해 했다.

"어맛, 이게 무슨 일이에요?"

술을 가져온 기녀가 금이 간 탁상을 보며 비명을 질렀다.

"술만 두고 나가. 내가 변상할 테니."

니시무라가 어두워진 나가노의 얼굴을 살폈다. 나가노는 이토에 대해 내밀한 적의를 품고 있었다. 뭔가 대단한 걸 알고 있음에 틀림없었다.

"대장부가 왜 그리 생각이 많나. 이 밤을 즐기자구."

"내게 뭘 듣고 싶어서 이러지?"

"글쎄…. 기자라면 최고 권력자의 빛과 그림자를 알아야 할 거 아닌가."

"빛과 그림자? 그렇지 지금은 이토의 빛만 보이지."

"그림자를 알아야 미쳐 날뛰는 걸 막아볼 수 있지 않을까? 자네가 발설하지 말라면 비밀을 무덤까지 가져가지."

나가노는 고메이 천황과 이토의 관계에 대해 들은 것을 후회한 적이 한두 번이 아니었다.

비밀은 도쿠가와 막부의 마지막 장군이던 도쿠가와 요시노부의 명을 받고 고메이 천황 변사 사건을 조사한 무사 와타나베에게서 처음 흘러나왔다.

고메이 천황 암살

사쓰마번과 조슈번은 막부를 무너뜨리고 천황을 상징적으로 세워 유신 정권을 세우기로 했다. 그러나 북조 왕통인 고메이 천황은 서양오랑캐를 몰아내야 한다는 양이론자인데다 막부를 옹호하고 있었다. 혁명을 기도하는 사쓰마와 조슈번 무사들에겐 장애였다.

결론은 고다이고 천황계인 남조南朝의 오무로 도라노사치를 새로운 천황으로 옹립하기로 했다. 고메이 천황을 없애야 했다.

사쓰마번의 오쿠보 도시미치가 고메이 천황의 시종이던 이와쿠라 도모미를 매수했다.

1866년 12월 고메이는 두창을 앓아 평소 즐기던 밀행을 삼가고 있었다. 그러나 두창이 나아 궁밖에 있는 애첩 호리가와의 집으로 가고 싶었다. 이와쿠라는 호리가와를 매수했다.

호리가와의 집 주변을 경비하고 시종으로 나선 자들은 모두 사쓰마번이나 조슈번에서 나온 무사들이었다.

고메이는 연회가 끝난 뒤 화장실을 찾았다.

보통 때처럼 시녀 3명이 따라가 한 명이 고메이의 바지를 내리고 다른 한 명은 훈도시를 내려줬다. 이날 시녀들은 이토 측에서 배치해둔 자들이었다.

화장실 밑에는 자객이 기다리고 있었다. 조슈번의 무사, 이토였다.

고메이가 앉자마자 아래에 숨어있던 이토가 칼로 항문을 찔렀다.

고메이가 미처 비명을 지를 사이도 없었다. 고메이를 끌어내려 피를 완전히 씻은 다음 외과의사를 시켜 칼자국이 난 항문을 꿰매도록 했다.

이토는 이를 위해 나가사키에서 의사를 불러 대기시켰다. 시신을 다시 한 번 씻어 옷을 입힌 뒤 천황의 어소御所로 옮겼다.

외상이 없는 돌연사였다. 고메이의 사인은 두창으로 공표되고 열다섯 살 아들 무쓰히토가 계승했다.

무쓰히토는 고메이와 후궁인 나카야마 게이코 사이에서 태어난 왕자였다. 어릴 때 이름은 사치노미야祐宮. 무쓰히토의 외가인 나카야마는 조슈번과 내통해 한때 고메이 천황으로부터 벌을 받기도 했다.

무쓰히토는 어려서 병약한데다 관습에 따라 여자처럼 키워 행동이 여자 같았다. 그러나 얼마 뒤 무쓰히토 역시 극비리에 암살되고 오무로 도라노사치가 어소로 들어와 무쓰히토 행세를 시작했다.

오무로는 조슈의 다카스기 신사쿠가 조직한 기병대에서 무예를 익히고 있었다. 오무로 역시 열다섯 살이었다. 승마와 검술을 배워 튼튼하고 기력이 강했다. 이토 등은 오무로에게 남조의 후예로서 존왕개국尊王開國, 자신들의 이념을 가르쳤다.

천황이 앉은 앞에는 발을 내려 관료들과 일정한 거리를 두고 대하는 관습도 도움이 됐다. 어소에서 일하던 공경과 시녀들은 사쓰마·조슈번 세력과 내통하고 있었다. 산조 사네토미 등 7명의 공경들은 정변이 일어났을 때 조슈의 오무로 집에 숨어 위험을 피한 적이 있었다. 산조 등은 그때 오무로 집안의 큰 아들 도라노사치를 보고 있었다. 도라노사치가 무쓰히토를 대신해 천황 자리에 오른 것이다.

메이지 유신 이후 공경 출신인 이와쿠라 도모미는 대신을, 산조 사네토미는 태정대신에 올라 유신 세력들과 권력을 나눠 가졌다.

나가노는 아버지로부터 이 말을 들은 뒤 절대 발설하지 말 것을 맹세했다. 천황까지 암살한 자들이 나가노를 없애는 일은 아무것도 아니기 때문이다.

사람들은 이토가 천황과 격의 없이 이야기를 나누고 술까지 마셨다는 사실에 경악했지만 나가노 자신은 그 이유를 알았다. 열다섯 살의 천황을 그 자리에 앉힌 사람이 이토와 이와쿠라 도모미 같은 유신 세력들이었으니.

"이토는 천황을 장기판의 말 정도로 안다"는 말이 나올 정도였다.

최하급 무사에도 끼지 못할 정도로 미천했던 이토가 능력이 있다고 해도 벼락출세한 이유는 따로 있었을 것이다.

이토 히로부미는 헌법 제1조에 천황의 만세일계萬世一系를 거룩하게 공표했다.

'대일본제국은 만세일계의 천황이 통치한다.'

이토는 헌법을 준비하기 위해 독일에 머물며 서구 선진국의 헌법이 그리스도교를 중심으로 하고 있다는 사실을 놓치지 않았다. 일본에서 그리스도교를 대체할 수 있는 것은 황실이었다. 애국심을 키우는데 역사적 전통과 종교가 제일이라는 독일 학자의 가르침에 감명받은 그였다.

그리스도교처럼 천황을 신격화해 일본인을 통합할 수 있다고 믿었다. 천황교의 탄생이었다.

니시무라는 술에 취해 눈이 풀린 나가노를 바라보았다.

‘제길 이번에도 저 주둥아리를 열지 않을 모양이군.’

니시무라는 게이샤를 불러들였다. 니시무라에게는 이토 측이 뿌린 용돈이 두둑했다. 이토는 신문사에 돈을 뿌리며 여론을 내각에 유리하게 이끌었다. 정보수집과 여론조작을 위한 기밀비와 기밀금을 운영하고 있었다.

기밀비는 내각뿐 아니라 내무성과 외무성, 육군성, 해군성 경찰 각부 현청에도 예산이 책정돼 있었다. 외무성 소속인 나가노도 이토의 용돈을 받아쓰고 있을 것이다.

기밀비는 예산에 책정됐지만 회계감사는 받지 않았다. 기밀금은 예산에도 조성되어 있지 않아 은밀하게 사용됐다. 기밀금은 조성이 어떻게 되는지조차 알려지지 않았다. 내각에선 기밀비와 기밀금이 총리대신에게 사용 권한이 있었다. 기밀비와 기밀금은 많게는 일본 국가 예산의 0.2%에 달했다.

기밀비와 기밀금은 친정부 신문사나 단체의 보조금, 반정부 인사를 회유할 때 쓰였다. 국내 신문사에 거금을 지원한 뒤 말을 듣지 않을 경우 보안법을 씌워 무자비하게 탄압했다.

외국의 여론을 중시하는 이토 내각은 일본에 와 있는 외국 특파원에게 후하게 사용했다. 조선의 친일파도 은밀히 지원했다. 이 중 가장 많은 곳은 신문사에 대한 지원이었다. 내각제 도입을 두고 격론이 심했던 당시 니시무라가 몸담고 있는 〈도쿄니치니치신문〉에 거금이 건네졌다.

금송아지

"마마, 봉서 가져왔사옵니다."

"자네들은 다 물러가 있게."

왕비가 주위를 물리치자 초계가 품에서 봉서를 조심스레 올렸다. 왕비는 숨을 고른 뒤 봉서를 열어보았다. 지방 수령을 원하는 자들의 단자와 와료에 대한 내용이었다. 한두 번 겪는 일이 아니지만 그때마다 조마조마하고 탈이 날까 애간장을 태웠다. 분명 옳은 일은 아니었다. 왕비는 초계가 단자와 와료를 적은 봉서를 가져올 때마다 어디론가 숨고 싶었다.

'돈을 바치고 관직을 사면 이들이 또 얼마나 아래에서 긁어모을까.'

가슴이 답답했다.

'전하가 이 자는 안 된다고 말씀하셨는데 또 올렸느냐.'

'이렇게 과하게 보내면 뒤탈이 있을까 두렵다.'

'왕실이 어려운데 많은 도움이 되겠다.'

왕비는 붓으로 답장을 써 초계에게 내렸다. 꽃과 나비가 인쇄된 분홍색 전지箋紙 위에 무거운 마음을 담았다.

"조심 또 조심해야 한다."

"예 마마."

초계는 봉서를 다시 가슴에 단단히 넣은 뒤 물러났다.

"중전마마, 옥안이 상하신 듯하옵니다."

민범호는 왕비의 부름을 받고 오랜만에 입궐했다.

"요즘도 잠을 잘 못 자고 체기가 있어 답답합니다. 태웅이를 수령으로 내려보낼까 하는데 어찌 생각하세요?"

"예?"

"어려서부터 상해다 천진이다 먼 길을 보내 궂은 일만 시켰는데 안쓰럽기도 해서요."

"아이가 미욱해서 그 일을 감당하지 못할까 두렵사옵니다."

"태웅이는 욕심 부리지 않을 겁니다. 수령을 지내야 자신감도 생길 테고요. 다들 서로 가고 싶어서 안달인데 그러세요."

왕비는 순간 짜증이 나 신경질을 부렸다.

'다른 사람은 몰라도 알 만한 오라버니가 어찌 이럴까.'

"장가도 가야 하지 않겠습니까. 아이도 낳고요."

왕비의 목소리가 날카로워졌다.

"환곡으로 해서 소란하고 이서배들이 어찌나 저들 배를 채우는지요. 태웅이 같은 아이는 휘둘릴 게 뻔한 듯합니다."

"저도 압니다."

왕비는 흥분했던 감정을 추스렸다.

"선대 왕들부터 지방 관아가 커지면서 이서배 수가 너무 많아졌어요. 아전들에게 늠료를 내려주지 않으니 관아 경비와 제 살림을 챙기기 바쁘죠. 그 돈을 대려니 백성들을 못살게 구는 걸 말입니다."

창백한 왕비의 얼굴이 차분해졌다.

"이서배들이 상전에게 상납한다고 뜯어내고, 세미 빼돌리는 것도 압니다. 수령이 부임하면 잔치해준다고 거두고, 수령이 관내를 돈다면 그 경비 댄다고 또 거두고. 저들도 할 말이 많을 겁니다. 오랜 관례라 고치기가 쉽지 않네요."

"황송하옵니다."

"어윤중에게 왜국 대장성을 조사하라 맡긴 이유는 세금 문제를 어찌 해보고 싶어서였어요."

"그러셨군요. 미처 몰랐습니다 중전마마."

"다 뜯어고치고 싶지만 우선 조폐부터 제대로 해야 합니다. 태웅이가 외직을 원치 않는다면 전환국典圜局으로 보낼 생각도 있어요. 개화를 하자니 모두 다 돈이 들어가는데 쓸 돈은 없고 답답해요."

"태웅아, 오늘 중전마마를 뵙고 왔다."
"예 아버님."
"널 수령으로 보내려 하시던데 마음이 있느냐?"
"예? 저도 금송아지를 바치라고요?"
순간 태웅은 얼굴이 상기됐다.
"안 하면 될 것을 왜 남을 헐뜯느냐."
민영준이 평안감사를 지내면서 왕에게 금송아지를 바쳤다는 말이 떠돌았다. 사람들은 민영준이 금송아지를 바치기 위해 관민들을 혹독하게 쥐어짰다며 손가락질을 했다. 민씨 척족이 요구한다는 관직의 값이 돌고 있었다.
"금송아지 일은 직접 본 일이 아니니 함부로 말하지 말거라."
"아버님이 저에게 돌림자를 안 붙여주신 게 얼마나 고마운지 모릅니다."
한두 번 민영익이나 영泳자 돌림이 부러울 때도 있었지만 지금은 아니었다.
"양전兩殿께서 개화를 위해 얼마나 애를 태우고 계시겠느냐. 뭔가 일을 해보려 하니 임오군란이 터지고, 다시 달려보려 하니까 김옥균이 정변을 일으키고."

민범호가 내뱉는 한숨에 수염이 떨렸다.

"나도 가슴이 벌렁거리며 분통한데 양전께서는 오죽 하시겠느냐. 이제는 원세개가 온갖 패악을 부리고 있으니."

"그렇지만 매관매직이 옳은 일은 아니지 않습니까?"

"옳은 일은 아니지. 그러나 선조대왕께서도 전화戰火로 나라가 초토화되자 부득이하게 매관매직을 하셨다. 양전께서는 나라를 지키기 위해 부국강병이 먼저라고 생각하셨을 게다."

도쿄의 일본인은 제물포에서 보는 자들과 달랐다. 제물포에서는 털이 난 흉물스런 넓적다리를 드러내고 다니는 자도 있었다. 도쿄도 하천에 오물을 버리고 거기서 고구마와 채소를 심어 먹고 있었다.

"1~2년 안에 도쿄에도 수도관이 설치된다는데."

나가노는 하천에 오물을 버리는 여자를 유심히 바라보는 율리를 보며 무안한 듯 말했다.

"도쿄는 매우 깨끗한 줄 알았어요."

율리가 입가에 미소를 띠며 말했다.

"도쿄에 왔으니 유명한 소고기전골 식당으로 가 먹읍시다. 기자인 친구가 오늘 꼭 좀 보자고 해서 식당으로 오라 했소."

식당은 여기저기서 끓기 시작한 전골로 후끈했다.

"누구지?"

니시무라가 나타나 씨익 웃음을 지었다.

"인천해관에서 크라크clerk로 일하는 율리 양일세."

율리는 고개를 까딱했다.

"니시무라라고 합니다."

"율리입니다."

"일본말이 능숙하시군. 그럼 조선 여자인가?"

"네."

"조선에 있는 핼리팩스에게 들은 이야기인데 조선 사람들은 영어도 1년 배우면 썩 잘한다고 하더군. 인토네이션과 악센트가 영국인이 말하는 거 같다고. 여자도 잘 하는 줄은 몰랐네."

'조선 여자가 해관에서 일한다니 대단하군. 게다가 요염하기까지 하군. 나가노 저 녀석 벌써 재미 본 건가?'

"나도 조선엔 가보았지."

니시무라가 나무젓가락을 만지작거리며 율리를 쳐다보았다.

"자네가? 언제?"

나가노는 니시무라를 초대한 것을 후회했다.

"꽤 됐지. 그게 1871년이지. 기타무라 시게요리 중좌와 벳푸 신스케 소좌가 조선에 정탐을 하러갈 때 나도 따라갔지. 그땐 뭐 아무것도 모르면서 사이고 다카모리가 보낸다고 해서 덩달아 따라갔지. 그때 대원군에 대한 원성이 높다고 보고한 걸로 기억나네. 미인과 도쿄로 휴가라도 온 거야?"

“이 사람 농담은. 율리 양이 도쿄에 일이 있다고 해서 마침 나도 외무성에 보고할 일도 있고 해서 안내도 해줄 겸 온 거야.”

“전 도쿄 아니 일본이 처음이라서요. 나가노 씨에게 부탁드렸어요.”

율리가 도톰한 입술로 방긋 웃자 주변이 환해졌다. 율리는 도쿄포병공창에 유학온 4명의 조선 유학생을 위해서 왔다. 이타바시화약제조소에서 일을 배운 뒤 조선으로 돌아가면 곧바로 작업에 착수할 자들이었다. 다음 해에 가평에 화약제조 공장을 세운다는 계획이었다.

왕과 왕비는 무기제조 공정이 지난한 일이지만 언제까지나 수입만 할 수는 없다고 판단했다.

이튿날 율리는 숙소 근처에 있는 밀크홀에서 니시무라를 만났다. 니시무라가 나가노가 자리를 비운 사이 만나자고 쪽지를 건넸던 것이다. 밀크홀은 우유를 시키면 신문을 무료로 볼 수 있게 해줘 좋았다. 도쿄에 온 이상 국내외 정세나 도쿄 사정을 알아가야 했다.

“율리 양, 혹시 도쿄에 온 이유가 김옥균 때문 아니오?”

“네에?”

율리는 커다란 눈을 두 배로 크게 떴다.

"김옥균이요? 대역죄인을 만나면 전 조선에 돌아가 처형당합니다. 그런 말씀 하지 마세요. 생각만 해도 두렵습니다."

율리가 두 팔로 온몸을 감싸는 시늉을 했다.

"그럼 됐소. 김옥균이 오가사오라에 유배갔다 도쿄에 왔소. 박영효는 김옥균을 증오하고 있다던데. 한때 피를 나눴던 동지가 이제는 갈라섰지."

"자꾸 역적들 이름을 올리시네요. 박영효는 왜 김옥균을 증오하죠?"

율리가 우유를 마시자 입술 주위로 흰 자국이 남았다.

"김옥균이 낭인에게 거금을 받아 유곽에 아예 세를 내고 앉았거든. 거기서 일본 정계 인사들을 만나고 접대하니까. 김옥균이 게이샤하고 놀아난다고 박영효가 지긋지긋해하더군. 하기야 김옥균도 암살 위협에 시달리니 게이샤 품에라도 숨고 싶겠지. 또 하나 김옥균이 처음 일본에 도망쳐왔을 때 자신이 경성난을 다 일으킨 것처럼 과장되게 말해서 박영효가 화가 났다 하더군."

"김옥균이 소시壯士 수백 명을 군함에 태워 조선을 쳐들어온다고 해서 난리가 났어요. 도성 사람들 도망가고 난리였죠. 김옥균은 어디 있어요?"

"그건 나도 모르지."

"기자면 다 아는 거 아닌가요. 호호. 나가노 씨가 니시무라

씨는 고위 대신들과 잘 안다고 했어요."

"어디 사는지는 알아도 알려줄 수 없소. 대신 이건 알려줄 수 있지."

"뭐요?"

율리의 입술이 비틀리듯 웃었다. 비웃는 듯 홀리는 듯 야릇했다.

"김옥균이 어린 여자를 이토에게 소개해줬다는군. 이름이 뭐더라. 배분자裵粉子라던데."

"이토 히로부미요?"

"이토가 사다코貞子라고 이름을 지어줬다는군."

"배정자네요."

밀크홀에는 뒤적뒤적 신문을 읽던 이들이 나가고 어두워졌다.

"사케랑 한잔하면 딱 좋겠네. 그런데 약속이 있는걸. 교토대에서 온 사람이라 바꿀 수도 없고."

"교토대 사람은 왜요?"

"교토대에서 조선의 사서史書를 모으고 있거든. 내가 근시일 내에 조선으로 갈지 모른다고 하자 뭘 또 부탁한다고 하는군."

조선 해관을 장악하라

"메릴 그동안 노고가 많았소."

데니의 집에선 조선총세무사였던 메릴의 송별연이 열리고 있었다. 한규설과 민영익이 머물다 물러간 뒤 인천 해관의 쉐니케와 율리가 그 자리를 차지했다. 율리는 메릴과 쉐니케의 중요한 심부름을 하면서 메릴의 눈에 들었다.

메릴의 얼굴에는 아쉬움과 분노, 미련이 섞여 있었다. 묵현리墨賢理라는 이름을 썼던 그는 조선 해관을 주물렀던 실력자였다. 4년 전 중국총세무사 로버트 하트의 추천으로 와서 중국과 하트의 뜻에 잘 따랐다.

"데니 씨, 우리끼리 하는 말이지만 원세개와 하트의 등쌀에서 벗어나 홀가분합니다."

메릴은 위스키를 한입에 털어 넣으며 뱉었다.

"화가 많이 났군요 메릴 씨."

데니가 잔을 채워주며 씁쓸한 웃음을 지었다. 데니는 왕의 밀명을 받고 프랑스 외교관 플랑시와 프랑스 공달公達은행에 200만 냥을 차관하는 일을 극비리에 추진했다.

"덕니, 이번엔 꼭 일을 성사시켜야 하오. 갈림덕(플랑시)과 잘 협의해서 200만 냥을 빌려오도록 하오. 200만 냥이 오면 일단 청국과 일본의 빚을 싹 다 갚고 철도를 깔고 광산을 개발할까 하오."

해관을 담보로 하는 일이라 메릴이 극비리에 도왔는데 원세개가 알고 광분했다.

"묵현리는 망령되이 분외의 일에 관여한다."

원세개는 메릴을 맹비난하며 이홍장에게 보고해 조선을 떠나게 했다.

"하트가 중국해관뿐 아니라 조선해관까지 접수하려 하고 있어요. 원세개와 이홍장이 하는 짓도 참을 수가 없어. 하지만 이렇게 빨리 해고될 줄은 몰랐소."

왕은 한 달 뒤 다시 데니를 향항香港(홍콩)에 보내 타운센드 양행과 이화양행, 회풍양행에게 200만 냥 차관을 빌리는 일을 지시했다. 그러나 이 또한 원세개가 알아차리고 방해했다.

"덕니 이놈부터 없애야겠어."

원세개는 이홍장에게 데니의 해고를 요청했다.

왕도 원세개가 자신의 우군인 데니를 해고하려 하자 가만 있지 않았다. 이홍장에게 원세개를 청국으로 불러들일 것을 요구했다.

"조선이 덕니를 먼저 해고하면 원세개를 본국으로 불러들이겠다."

이홍장은 조선 왕의 말을 듣는 척했다. 왕은 이홍장의 이 말을 믿고 데니를 면직했다. 하지만 이홍장은 약속을 어기고 원세개를 유임시켰다.

"중전, 김가진이 외교 고문으로 르장드르라는 미국인을 추천했소."

"르장드르란 자가 흠결도 있지만 일본에 있었으니 왜놈의 생리도 잘 알 것이옵니다."

르장드르가 외국과의 외교 문서 작성에 도움을 줄 뿐 아니라 웨베르 러시아 공사와 친한 사이인 것도 중요했다.

왕은 이홍장의 말을 믿고 해고한 데니의 빈자리를 몹시 아쉬워했다. 데니는 이홍장의 추천으로 온 외교 고문이지만 원세개와 청국의 횡포에 분노해 조선의 편에 섰다.

데니는 중국으로 가 이홍장과 담판을 짓고, 〈청한론淸韓論

(On China and Korea)〉을 발표했다.

여기에서 그는 조선의 왕이 원세개가 비방하는 것처럼 우둔하지 않고 열정적으로 자신의 나라를 위해 일한다고 역설했다. 조선은 전통적으로 중국에 조공을 바쳐왔을 뿐 종속국이 아니라고 강변했다.

"전하, 이번엔 절대로 이홍장이 찍어 보내는 자를 받아선 안 되옵니다."

"나는 중전보다 더 격앙돼 있소."

조선으로선 개항 이후 해관에서 걷는 관세가 가장 큰 재원이었다. 흉년이 겹치고 세미稅米 거둬들이는 일이 여의치 않았다. 여기에 기선을 사들이고 조폐기기, 무기와 화약 제조창 등 개화를 위해 들어가는 돈은 한이 없었다. 외국에서 차관을 빌리려 해도 조선 해관을 저당잡히는 수밖에 없었다. 해관이 조선에게 가장 큰 돈줄이었다.

그러나 이홍장이 조선해관 총세무사에 자신의 심복을 보내 틀어쥐고 원세개가 사사건건 간섭하고 방해하고 있었다.

르장드르는 왕명을 받고 일본으로 가 150만 원 차관을 협상했다.

이를 안 이홍장은 주일 청국 공사를 시켜 방해한 뒤 국제적인 성명까지 발표했다.

'각국 상사는 조선에 차관을 제공하지 말라. 차관에 대해 조선 해관을 저당해도 중국은 절대 허락하지 않을 것이다.'

'인천해관에서 원금 1,250냥을 지급하고 이자는 600냥을 지급한다.'

조선은 원세개의 주선으로 청국 상사 동순태호로부터 10만 냥의 차관을 받기로 합의했다. 원세개의 뒷배를 받고 있는 동순태호의 담이시는 거드름을 피우며 고압적인 자세였다. 동순태호는 청국 상사로, 상해에서 사업이 큰 동태호同泰號의 조선 지사격이었다.

체결식에 온 태웅은 이를 갈았다.

미곡운반선을 구매하기 위해 독일상사 세창양행에 빌린 10만 냥을 갚으라는 독촉이 심해졌기 때문에 하는 수 없이 청국에 거듭 차관을 얻게 된 것이다. 왕은 원세개의 끈질긴 방해 공작에 지쳐 동순태와의 계약을 허락하고 말았다.

의기양양해진 원세개는 이홍장에게 '조선에 막대한 차관을 안길수록 청국에게 이익이다'는 보고서를 제출했다.

"쓰다듬는 가운데 제어의 뜻을 두고 조선의 이권을 조정하여 속번을 지배해야 한다."

원세개에 만족한 이홍장의 반응이었다.

"왜 그러느냐?"

왕비가 눈물을 뚝뚝 흘리는 태웅을 바라보았다. 체결식에 다녀온 태웅의 속상한 마음이 터졌다.

"청국놈의 돈을 받으면 안 되옵니다. 마마."

"누가 들을까 두렵다. 원세개 귀에 들어가는 날엔 살아남지 못해. 전하의 마음이 더 찢어지실 게야. 어서 눈물을 거둬라."

태웅이 돌아간 뒤 이범진이 들었다. 이범진은 중궁전에 무시로 드나들 수 있는 별내시가 되었다. 엄청난 파격이었다.

"중전마마, 옥안이 어찌 이리 어두우십니까."

창문 너머를 멍하니 보며 상념에 잠겨있던 왕비는 이범진을 힘없이 맞았다.

"이래저래 길이 막히니 마음이 무겁고 서글프네요."

왕비는 가냘픈 한숨을 내쉬었다.

"황송하옵니다 중전마마. 이리 힘들어하시는 모습은…."

왕비가 장죽을 끌어당기자 이범진이 불을 붙여주었다. 왕비에게 가까이 가는 순간 은은한 난초향이 풍겼다. 언제나 변함없이.

"이 녀석이 없었다면 내 마음이 더 힘들었을 겝니다."

왕비가 이범진을 향해 희미하게 웃었다. 이범진은 원세개란 놈을 때려잡고 싶어 화가 치솟았다.

세종대왕과 무당

영의정과 우의정, 예조 판서와 승지가 어전에 차례로 들어왔다.

영의정이 제일 먼저 놀라 급히 숨을 삼켰다. 왕의 옆에 내려진 발 뒤에 누군가 앉아 있었다.

왕비였다. 어깨를 곧게 펴고 신하들을 바라보는 눈빛이 발 뒤에서도 타는 듯 반짝였다.

구름같이 풍성하고 짙은 어여머리가 우아함을 더했다. 비단옷을 뚫고 나올 듯 환한 빛이 옥체에서 뿜어져 나오고 있었다. 학처럼 얇고 긴 목이 어리어리 비치고 가늘고 섬세한 손가락만이 발 아래로 보였다.

다른 신하들도 왕비의 모습을 확인하자 등에 땀이 배였다.

왕비가 굿을 준비하라고 명하자 신하들이 차대를 청한 것이었다.

“전하, 이미 상소를 보셨겠사옵니다만 대무大巫를 불러들여 궁궐 안에서 굿을 하시는 일은 자제하심이 좋을 듯하옵니다.”

영의정의 목소리가 가늘게 떨렸다.

“상소는 읽었소만….”

왕이 왕비를 잠시 바라보았다.

“영상께서는 두 달 동안 각통이 심하셔서 거동도 제대로 못 하셨다는데 이제는 괜찮습니까?”

왕비는 영의정에게 조용히 물었다.

“황송하옵니다. 중전마마.”

“우상께서는 자친께서 학질로 이번에 무척 고생하셨다지요?”

“망극하옵니다 중전마마. 어찌 그걸 아시고….”

잠시 멍하니 있던 우의정이 왕비의 말을 듣고 화들짝 놀랐다.

“비록 아녀자이지만 내행內行의 일을 가지고 대신들께서 전하를 뵈러 오셨으니 제가 한마디 하겠습니다.”

왕비의 눈빛은 한 치도 흐트러짐이 없었다.

“황송하오나 중전마마 상소에도 밝혔지만 궁궐은 나라의 모범을 보여야 할 신성한 곳입니다. 나라에서 금한 무당을 불러 굿을 하시면 전하와 저희들이 성현의 거룩한 도를 이룰 수 없사옵니다."

"이태조께서는 고려의 팔관회는 폐지하셨지만 궁중에서 행하는 나례에 팔관회의 가무백희를 그대로 넣으신 걸 아십니까? 팔관회는 불교의 제전祭典이 아니라 예로부터 전해오던 제천의식이었습니다."

왕비의 말에 우의정이 나섰다.

"하오나 세종대왕께서는 무당과 음사의 폐해를 깊이 깨달으시고 싹 거두게 하셨사옵니다."

"그 세종대왕께서 모후이신 원경왕후가 학질에 걸리시자 소격전에 사람을 보내 북두칠성에 초제醮祭를 올리게 하셨습니다. 그뿐 아니라 송악산, 백악산, 감악산 양주성황 산신에게도 기도를 올리게 하셨습니다. 무당을 불러 장막을 치고 굿을 하도록 분부하셨고요. 우상께서는 자친이 학질에 걸려 고생하셨으니 그 애타는 마음을 잘 아실 겝니다."

좌중에 침묵이 흘렀다.

"제사는 오례五禮 가운데에서도 가장 중요합니다. 사람의 근본인 하늘의 천신과 땅의 지기地祇 그리고 조상님의 은혜를 정성으로 보답하는 것입니다. 그동안 유자儒子들이 성현의 도를 운운하며 하늘에 올리던 제사를 없애버렸지만 궁궐의 내행의례만은 그럴 수 없습니다."

"하오나…."

예조 판서가 목청을 가다듬었지만 왕비는 단호하게 말을 이었다.

"대무는 예로부터 나라에서 인정했던 나랏무당입니다. 이번에 내전에서 할 굿은 전하와 몸이 약한 세자 그리고 나라를 위한 제사입니다. 조선을 지키고 반석 위에 올려놓기 위해 전하와 세자를 위하는 것보다 더 중요한 것이 어디 있겠소이까."

대신들은 할 말을 잃었다.

"하오나 중전마마, 선대 대왕들께서 무당과 승려들을 도성 밖으로 몰아낼 때에는 다 연유가 있어서 이옵니다."

"그렇다면 묻겠소이다. 도성 밖의 땅은 전하의 땅이 아닙니까? 도성 밖의 백성들은 전하의 백성들이 아니랍니까?"

왕비의 카랑카랑한 목소리가 날카롭게 꽂혔다.

"그거야…."

예조 판서는 뭔가 할 말이 많았는데 갑자기 생각나지 않았다.

"우상께서는 국사가 바빠 잘 모르시는 것 같은데, 어머님이 차도가 없으셔서 자부가 용하다는 무당을 불렀다고 합니다."

왕비는 우의정을 향해 던졌다.

"황송하옵니다. 중전마마."

"궁중에서 염불 소리가 난다고 뭐라는 자들도 있소이다만… 승지께서는 요즘도 봉원사에 가 그곳 승려와 차를 마신다면서요?"

왕비의 말에 승지는 고개를 숙였다.

“중전이 ‘금강산 일만이천 봉우리마다 쌀과 포를 올렸다’는 말도 있더이다. 어찌 일만이천봉에 일일이 다 시주를 하겠습니까. 누가 그런 말을 퍼뜨리는 지도 알지만….”

왕비의 눈에 불꽃이 튀었다.

“우리는 오래전부터 천신이 내려오신 산에 제사를 지냈다는 것만 잊지 마세요. 명나라 황제가 조선을 흔들기 위해 오래된 제천의식까지 없애라 했지만 근본을 잊지는 말아야지요.”

왕은 좌중을 둘러보았다.

“경들은 홍모가 올린 상소 하나를 가지고 이리 요란하게 할 것 없소. 대신들의 염려와 뜻을 알았으니 그만 물러가시오.”

다시 태어난다면

바위들이 날렵하게 차려입은 도령처럼 이쁘고 강건했다. 푸른 먹을 찍은 듯한 나무들이 바위를 두 팔로 껴안은 듯 어우러져 기기묘묘했다. 바람은 바위를 스치고 나무를 비껴가며 계곡에서 다시 한 번 휘돌았다.

"하, 절경이로다."

민범호는 이마의 땀을 훔치며 앞에 펼쳐진 장관에 환호했다.

"금강산은 듣던 것 이상입니다. 아버님."

태웅은 아버지의 지팡이를 대신 들어주며 소리쳤다.

사람이 한 번도 들지 않았던 것처럼 싱그러운 나무와 풀은 담록과 청록이 뒤섞여 초록안개처럼 짙게 우거졌다. 저마다 뽐내듯 여기저기서 솟구친 바위들은 햇볕 아래서 눈부신 자태를 드러냈다.

"태웅아, 오길 잘했느냐?"

"예 아버님."

"실은 금강산 유람도 할 겸 할 이야기도 있어 오자고 했다."

"예? 무슨 말씀이신데요?"

"이제 나도 많이 늙었고 너도 장가를 들어야 하지 않겠느냐?"

"너무 늦어서 올 사람도 없을 겁니다."

태웅은 멀리 산 정상을 바라보았다.

"태웅아, 이 좋은 데까지 왔으니 속마음을 다 말해보자. 너 아직도 그 아이를 마음에 두고 있는 거냐?"

"예?"

"너와 한집에 살았던 아이 말이야. 초계였던가?"

"…."

"그 아이가 그렇게도 좋으냐, 지금 어딨느냐?"

태웅은 초계에 대한 생각을 한시도 떨쳐버릴 수가 없었다. 잠자리에 들 때 창으로 달빛이 훤히 비칠 때면 초계가 웃고 있는 것만 같았다. 옷을 입을 때면 그 따뜻한 손으로 고름을 매주는 것 같았다. 밥을 먹을 때면 옆에서 오도카니 앉아 지켜보는 듯했다.

"아버님… 말씀에 따르겠습니다."

태웅은 고개를 떨구었다.

"그래. 적당한 혼처가 났으니 이번엔 아비 말을 따르거라. 청국에서 네가 모아온 돈이 꽤 되니 도움이 많이 될 것이야."

'초계야 내가 다시 태어난다면 다시는 널 놓치지 않을 거다.'

태웅은 바람결에 간절한 소망을 실어보냈다.

"도련님 누가 찾아왔습니다. 청국 사람인뎁쇼."

겸종 뒤로 여자가 나타났다.

"태웅, 드디어 찾았네."

양옥주였다.

"옥주… 조선엔 어떻게…."

"흥, 내 눈에서 도망가면 내가 못 찾을 것 같아?"

양장을 한 옥주는 집안을 둘러본 뒤 태웅을 흘겨보았다.

"동순태호同順泰號의 담걸생 매형이 우리 집안 양아저씨라구! 나도 당분간 상해에서 금건金巾(옥양목)을 실어다 한성에서 장사를 해볼 거야. 원 대인이 도성 안에 집 지을 땅을 준다고 했거든. 청국인들 너도 나도 다 도성 안에서 싸게 사들이고 사는데 나라고 못할까. 집 잘 지으면 나랑 함께 살자."

양옥주는 눈에서 독기를 빼고 눈웃음을 쳤다.

"다 옛날 일이야. 난 곧 혼례를 올릴 사람이 있어."

"뭐라고? 내가 조선까지 왔는데 누굴 끼고 산다고 그래. 어림도 없지."

사모관대를 한 신랑 태웅이 포선布扇을 펴고 혼례상 앞에 섰다. 연지를 찍고 활옷을 입은 신부가 부축을 받으며 눈을 내리깔고 수줍게 섰다. 신부는 혼례를 앞두고 앞머리를 뽑아 정리하느라 붉은 기가 가시지 않았다.

우당탕!

시끄럽게 한 무리가 닥치더니 혼례상을 몽둥이로 내리쳤다.

"이게 무슨 짓이야."

"에그머니…."

"사람 살려."

아녀자들은 놀라서 신이 벗겨지는 줄도 모르고 달아나고 사내들도 머리를 싸맸다. 겸종들이 막아섰지만 몽둥이와 칼, 낫, 도끼를 든 청국인의 무리를 당해내지 못했다. 청국인들은 저들끼리 뭐라 소리치며 상을 부수고 내리찍었다.

태웅은 포선을 집어던지고 신부 위로 몸을 덮어 건드리지 못하게 했다.

"그놈은 건드리지마."

태웅을 향해 청국인들이 달려들려 하자 칼을 휘두르던 자가 청국말로 소리쳤다.

"저 계집은?"

"그냥 놔둬."

"너희들은 누구냐?"

"가자."

태웅이 이를 갈며 소리치자 청국인들은 달아났다.

'양-옥-주.'

태웅은 이를 갈았다.

태웅은 신부집에 찾아가 백배사죄를 했다. 신부집에선 딸을 죽일 수 없다며 시집을 보내지 않겠다고 했다. 신부의 미래도 캄캄한 지경이었다. 태웅은 청국에서 벌어온 돈을 털어 신부집에 위로금으로 건네줬다.

"하하하 하하하."

돌아오는 길에 태웅은 별이 흔들릴 정도로 웃었다.

'그래 이게 낫다.'

태웅은 시린 눈을 들어 밤하늘을 쳐다보았다. 진청색 밤하늘이 바다처럼 투명했다.

'초계야, 언젠가 우리 다시 시작할 수 있겠지?'

5부

산화가散花歌

전봉준

1894년 전라도 고부 황토산.

새벽안개로 한 치 앞도 볼 수 없었다. 총을 쥔 달수는 대장의 지휘가 떨어지기만을 기다리고 있었다. 총대장은 고부 접주 전봉준이었다.

'스승님이 날 보면 뭐라 꾸짖으실까.'

달수는 곧 마주칠 적보다 스승의 질책이 더 두려웠다. 스승이 남접의 움직임이 이상하다며 자신을 보낼 때만 해도 이렇게 얽혀 들어갈지 몰랐다. 수운 선생의 《동경대전》을 전해주러 드나들던 남접 접주 중에 전봉준은 남다른 면이 있었다. 이번에 고부에서 봉기하면서 전봉준의 진면목이 드러났다.

"우리와 함께 하세."

전봉준은 도소都所(본부)로 찾아온 달수를 보자 시원시원하게 말했다. 기골이 장대하고 이목구비가 수려한 달수는 단연 돋보였다.

"하지만 법헌法軒(최시형)께서…."

달수는 스승의 뜻을 아는지라 전봉준의 권유를 듣고 쉽게 대답할 수 없었다. 전봉준의 눈에서 터져 나오는 강렬한 빛에 홀리듯 저도 모르게 합류하게 됐다.

산이 무너지는 듯한 거대한 함성과 함께 동학농민군이 전라 감영군을 쳤다.

"시천주조화정侍天主造化定!"

동학농민군은 관군의 총알을 피할 수 있다는 주문을 외며 돌격했다. 관군과의 첫 전투에서 승리한 동학농민군은 사기가 하늘을 찔렀다.

동학농민군은 기세를 몰아 장성으로 진격했다. 전라도에서도 수가 많은 무장의 손화중과 태인의 김개남까지 합류하자 수가 급격히 늘었다.

총대장 전봉준, 총관령 김개남, 손화중이었다.

농민군 앞에는 장사의 어깨에 올라탄 소년이 남색 깃발을 크게 흔들었다. 피리를 불면서 '仁(인)'과 '義(의)'를 쓴 깃발 한 쌍이 뒤를 이었다. 각 읍을 나타내는 수천 개 깃발이 바람에 나부꼈다. 갑옷을 입고 말을 탄 농민군이 지나가고, 총과 죽창을 든 수만 명이 머리에 다섯 가지 색의 두건을 둘렀다. 동학농민군은 들판과 산을 휩쓸 듯 커다란 물결을 이뤘다.

병조 판서 민영준의 얼굴이 심하게 경련을 일으켰다.

장성에서 동학농민군 10만 명이 초토사 홍계훈이 이끄는 관군을 격파했다는 급보가 올라왔다.

'외국 상인들을 몰아내고 한성의 권귀權貴를 진멸하자.'

동학농민군이 외친 한성의 권귀는 민영준 자신을 겨냥한 것이었다.

동학도들은 외국인 거처에 당장 물러가지 않으면 화를 당하리라는 괴서를 붙일 정도로 대담했다. 전라도를 휩쓸고 있는 동학도들은 관아를 허물고 수령과 아전들을 폭행하거나 목숨을 빼앗았다.

"도적놈의 씨를 퍼뜨리면 안 된다."

동학도는 탐학한 자를 징벌한다며 그 아들의 불알을 거세했다.

민영준의 조부 민치우는 대원군의 장인 민치구와 형제간이었다. 왕에게는 6촌, 왕비와는 14촌이었다.

민영준이 권력의 정점에 올라선 것은 조선 내정에 전권을 휘두른 원세개의 뒷배가 있었기 때문이다. 원세개가 총리사로 조선에 부임하면서 민영준은 이조 참의가 됐고 이후 승승장구의 길을 걸었다. 평안감사 시절 패악을 저질러 악명을 높인 권신이었다.

초토사 홍계훈으로부터 전세가 급박하다며 청군 차병을 상주하는 전문電文이 왔다.

민영준은 전문을 받자마자 원세개의 공관으로 달려갔다.

"원 대인, 지금 난적들의 형세가 극히 위태롭습니다."

원세개가 통통한 얼굴을 씰룩였다. 동학도들이 청국 상인의 행패를 비난하며 물러나라고 외치고 있었다.

"이제 조선은 쓸 만한 장수나 병사가 없으니 청국이 나설 수밖에 없군."

"청군이 출병해 준다면 급한 불을 끌 수 있을 겁니다."

누렇게 뜬 민영준의 얼굴에 비로소 혈색이 돌았다.

원세개는 속으로 쾌재를 올렸다. 천진조약으로 조선에서 청군을 철수시킨 이후 군대를 다시 불러들일 기회만 엿보고 있었다. 청국의 대군을 다시 불러오면 조선 왕과 왕비의 숨통을 눌러버릴 수 있었다.

"적의 형세가 갈수록 창궐하여 소탕할 수가 없사옵니다. 초토사는 전문을 보내 청나라 병력이 와서 돕기를 상주하였사옵니다."

민영준이 왕에게 다급하게 아뢰었다.

"청병請兵은 가볍게 거론할 수 없는 일이다. 대신들을 불러 충분히 논의하도록 하라."

왕은 단호하게 반대했다. 홍계훈이 이끄는 정예병들이 동학도들에게 패했다는 소식에 할 말을 잃었다. 아무리 동학도의 기세가 하늘을 찌른다 해도 청국병사를 부를 수는 없었다.

"이미 원세개와 밀약이 되었습니다."

순간 민영준은 입을 다물었다. 저도 모르게 불쑥 말이 튀어나왔다. 왕은 노기를 띤 채 민영준을 노려보았다.

"대신들에게 번거롭게 다 알리지 마시고 은밀히 자리를 열어 물어보심이 좋을 듯하옵니다."

실언을 한 민영준이 허둥지둥 아뢰었다.

"그리 하라."

꼭두새벽 왕 앞에 대신들이 모였다.

"이번의 난국은 동비東匪들과 타협해서 해결할 수 있사옵니다. 외병을 요청하는 일은 불가하옵니다."

"전하의 영단으로 폐정을 바꾸고 불량한 수령과 방백을 엄히 다스리시면 백성들의 마음이 안정될 것이옵니다."

대신들은 민영준이 상주한 청병을 극구 반대했다.

"나의 뜻도 경들과 마찬가지요. 청병은 논하지 않는 것이 옳소."

민영준의 관복이 땀으로 젖었다.

"혜당惠堂(민영준)과 원세개는 무슨 말을 나눴는가?"

일본 대리공사 스기무라 후카시는 공사관을 찾아온 안경수를 조용한 곳으로 끌고 갔다. 스기무라는 민영준과 원세개 사이에 오간 밀담을 소상하게 정탐하고 있었다. 민영준의 심복인 안경수를 매수해 정보원으로 쓰고 있었다. 안경수는 민영준이 일본 변리대신으로 부임했을 때 통역을 맡은 이후 측근이 된 인물이었다.

1883년부터 조선 침략을 내부 방침으로 정한 일본이었기에 한성 공사관과 제물포 영사관은 모든 방법을 동원해 정보를 모으고 있었다. 일본에서 건너온 낭인들까지 조선 8도를 설쳐대며 정보를 캐고 있었다. 정치에 뛰어들고 싶으나 일본에서는 더 이상 기회가 없는 낭인들이 조선과 중국에서 그 기회를 엿보고 있었다. 이들은 유람객, 유학생, 교사와 같은 신분으로 위장해 곳곳을 들쑤시고 다녔다.

"쉬쉬하며 둘만 밀담을 나눠 퍽 힘들었습니다만…."

스기무라는 안경수로부터 말을 들은 뒤 본국의 무쓰 외무대신에게 급보를 타전했다.

'조선은 전라 · 충청에서 봉기한 난민을 쉽게 누르기 어렵다. 조선 정부는 내정을 개혁해 난당을 회유하거나 아니면 병력을 지나支那(중국)에 빌려 난당을 평정할 것임. 병력을 빌리는 것은 민영준이 주로 주장하고 있으나 아직 실행되지 않고 있음. 천진조약에 비춰 우리 정부도 출병하는 상황이 오게 될 것.'

청군 누가 불렀나

홍계훈이 영광군 진중에서 청군의 도움을 청하는 두 번째 상주문을 올렸다.

왕과 조정은 청병은 불가하다고 이미 결론을 내린 터라 반응하지 않았다. 그러나 민영준과 원세개는 달랐다. 이번엔 원세개가 민영준을 찾아왔다.

"조선의 초토사는 무능하기 짝이 없소. 내게 병사를 쓰게 하면 닷새 만에 토평할 수 있소."

"참말입니까? 전하께선 원 대인이 조선 군병을 지휘해주면 좋겠다고 하셨습니다."

"조선이 위태로움에 처했는데 내 어찌 몸을 아끼겠소."

황룡촌.

한성에서 내려온 경군 300명이 독일제 크루프포를 발사하자 선봉에 섰던 농민군들이 삼대처럼 쓰러졌다. 포탄과 총탄을 맞아 살과 피가 튀었다.

“이놈들.”

“죽여라.”

농민군은 피가 거꾸로 솟아 정신없이 덤벼들었다. 높은 곳에서 갑자기 커다란 괴물체가 경군을 향해 돌진했다. 대나무를 엮은 뒤 솜을 넣고 날카로운 칼을 꽂아 고슴도치처럼 만든 ‘장태’였다. 관군이 쏘아대는 총알과 화살은 장태에 꽂혔고 뒤에 숨은 농민군은 공격에 나섰다.

달수도 장태를 굴리며 총을 쏘아댔다.

사방에서 물밀 듯 쏟아져 나오는 농민군을 보자 겁에 질린 경군이 자빠지며 도망치기 시작했다.

“우리가 이겼다.”

달수와 농민군은 관군이 버리고 간 크루프포와 소총, 탄환을 수습해 가져왔다.

“이건 서양 오랑캐에게 사들인 값비싼 대포로군. 아주 잘 됐어. 다들 수고했네.”

전봉준은 어깨를 다독이며 노고를 치하했다.

"다음은 전주성이지?"

농민군 한 명이 품속에서 부적을 꺼내 확인한 뒤 말했다. 그는 총이 없어 시퍼렇게 깎은 죽창을 들었다. 여기저기 상처가 나고 피딱지가 앉았다.

그는 갑자기 움막에 두고 온 어머니와 새끼들이 떠올랐다.

'굶어 죽거나 밟혀 죽거나 죽기는 매한가지야.'

포졸에게 능욕을 당한 아내를 생각하면 눈이 뒤집혔다. 포졸들은 동비東匪를 색출한다며 집을 덮쳐 닥치는 대로 아녀자들을 짓밟았다.

'시천주 조화정….'

그는 분노와 공포를 떨쳐버리려 중얼중얼 주문을 외우기 시작했다.

달수는 전주성이란 말을 듣자 몸을 떨었다.

'전봉준이 전주성을 치자고 하다니 턱도 없는 소립니다. 전주성은 왕실의 영지靈地입니다. 역도로 몰려 어렵게 키워놓은 동학교도들을 떼죽음으로 몰고 가면 안 됩니다.'

'날뛰는 남접의 무리와 거리를 둬야 합니다.'

법헌을 모시는 북접 접주들의 말이 떠올랐다.

'우리는 대선생(최제우)의 억울한 누명을 벗기고 정교正教로 인정받으면 됩니다.'

흥분한 접주의 말을 들으며 고개를 끄덕이던 법헌의 모습이 떠올랐다.

5월 31일.

전봉준이 지휘하는 농민군은 마침내 전주성을 점령했다. 전라감사 김문현은 난을 키웠다는 죄목으로 파직됐지만 후임자가 오기 전까지 전주감영을 지키고 있었다. 농민군이 몰려오자 헤진 옷과 짚신을 신고 변장한 채 달아났다.

조정은 전주성이 함락되자 엄청난 충격에 빠졌다. 전주는 태조 이성계의 어진을 모신 경기전이 있는 왕조의 성지였다.

전주성이 함락되자 민영준이 원세개를 찾아갔다.

"아무래도 난군을 토멸하기 위해 원병을 파견해주셔야 할 것 같사옵니다."

겁에 질린 민영준이 조정의 합의도 없었는데 원세개에게 덜컥 말했다.

동학농민군이 민영준을 겨냥해 한성으로 몰려가 권귀를 척살하자는 말에 겁을 집어먹었다.

"걱정 마시오. 난도들을 싹 다 토멸하고 말 것이오."

원세개는 곧바로 이홍장에게 조선이 청국에 원병을 요청했다는 전보를 보냈다.

스기무라는 안경수를 통해 이를 즉시 알아냈다. 깜짝 놀란 스기무라는 공사관의 서기생을 보내 원세개에게 이를 다시 확인시켰다.

“혹시 청국에서 조선에 군사를 보내 동비들을 처벌할 의향이 있습니까?”

“조선 정부에서 전주성이 함락된 후 청병을 했소. 아직 공문으로 청구한 것은 아니지만 내가 이미 본국에 보고했기 때문에 조선 정부의 청구에 응할 것이오. 설사 조선 정부가 청구하지 않더라도 내가 청국 상인과 청국인 보호를 위해 경우가 되면 청구할 것이오.”

원세개는 조선으로부터 공식 요청을 받지 않았는데도 이를 기정사실화했다.

스기무라는 지체하지 않고 무쓰 외무대신에게 사실을 타전했다.

농민군을 바짝 뒤쫓던 관군 대장 홍계훈이 완산에 진을 쳤다.

완산은 전주성이 훤히 내려다보이는 곳이었다. 홍계훈의 군사는 강화영에서 온 병사와 전라감영 병사가 합세해 1,500여 명에 달했다.

우레 같은 함성을 지르며 동학군이 전주성 남문으로 몰려나왔다. 커다란 흰색 장막으로 앞을 가리며 완산으로 돌진했다. 커다란 방패처럼 거대한 흰색 천을 수십 명이 들고 나왔다.

쾅! 쾅! 쾅!

두-두-두-두

갑옷에 천보총을 가진 30명이 동학군의 선두에 섰지만, 관군이 쏘아대는 크루프포와 개틀링기관총 앞에 줄줄이 쓰러졌다.

다음날 농민군은 화승총과 창, 극, 죽창과 그도 없으면 소나무 가지를 휘두르며 완산으로 올랐다. 강력한 포격과 기관총 앞에 수없이 쓰러질 뿐이었다.

달수는 겁을 집어먹고 후퇴했다. 쉴 틈 없이 비오듯 날아드는 총알에 질려버렸다. 농민군들은 산더미같이 쌓여가는 시신을 맥없이 바라보며 후퇴했다. 쓰러진 몸에는 붉은 글씨로 쓴 황색 부적이 붙어있었다.

전봉준도 왼쪽 허벅지에 총상을 입었다. 농민군은 치명적인 타격을 입었다.

6월 2일.

민영준은 원세개를 찾아갔다.

"전주를 잃었으니 조선의 병력으로는 적을 막기 어렵게 됐습니다. 병력을 지휘할 중신도 구하기 어렵게 됐으니 원 대인의 특별한 생각을 바랍니다."

"알겠소. 내가 담당할 것이오."

민영준은 왕이 긴급 소집한 시원임대신회의에 나섰다.

"적의 기세가 크고 날카로워 우리 병사의 힘으로 섬멸할 수 없으면 청군을 청해 격파하는 게 좋을 듯하옵니다."

대신들은 민영준의 발언에 크게 반대했다.

"지금은 외병을 부를 필요가 없사옵니다."

"우리 군으로 막은 다음 그래도 안 되면 다음 계책을 찾아도 되옵니다."

"경들의 의견처럼 외병은 부르지 않는 것이 좋소. 조신 중에 군을 호령할 자가 없으니 원세개가 전주로 내려가 초토사의 병력을 지휘해주면 다행일 텐데."

왕은 군 훈련에 능한 원세개의 전주 출장을 생각했다. 원세개가 지휘하고 있는 병력을 쓰면 청국에서 병사를 불러들이지 않아도 될 거라 판단했다.

민영준은 화색이 돌았다.

"그 일이라면 이미 원세개와 약속한 바가 있사옵니다. 전하의 뜻을 전해 내려가도록 하겠습니다."

총리대신 이토 히로부미는 얼굴이 험악했다.

총선거에서 정부를 반대하는 야당이 과반을 차지하면서 이토 내각의 탄핵을 상신했기 때문이었다. 이토 내각은 선거를 앞두고 야당을 탄압하기 위해 폭력까지 동원했음에도 선거에 패배하자 발칵 뒤집혀졌다.

이토는 각료 회의를 열어 야당과 타협할 것인지 의회를 해산해버릴 것인지 논의 중이었다.

이토가 얼굴을 구기고 있을 때 무쓰 외무대신이 각료 회의에 헐레벌떡 나타났다.

"조선 정부가 동학난을 진압하기 위해 청국에 파병을 요청했습니다."

궁지에 몰렸던 이토는 단비를 만난 것 같았다.

"참모총장에게 가와카미 차장과 함께 오시라고 하라."

즉각 가와카미 차장이 각의에 도착했다.

"조선에 육군 1개 사단 정도는 언제든지 보낼 수 있습니다."

가와카미는 기다렸다는 듯 자신 있게 말했다.

가와카미는 이미 5월 20일부터 조선에 정탐 요원을 보내 동학 봉기에 대해 정찰을 하고 있었다. 가와카미는 청국과의 전쟁을 예상하고, 조선과 청국을 직접 시찰하고 돌아왔다.

청의 육군은 동원 병력이 100만 명 이상으로, 일본군의 10배 이상이었다. 그러나 실제로 청국이 조선에 동원할 수 있는 병력은 10만 명 정도에 불과했다. 청국군의 소총은 가와카미가 1868년 무진전쟁 때 쓴 스나이더 총이 대부분이었다. 일본 육군은 서양과도 견줄 만한 연발식 무라타 소총을 개발해 무장하고 있었다.

이토는 무쓰 외무대신에게 은밀히 말했다.

"외교적으로는 청국이 먼저 일으킨 것으로 위장하자. 그래야 서구의 반감을 사지 않을 것이다."

6월 3일.

민영준을 만난 원세개의 안색이 차갑게 바뀌었다. 왕이 원세개의 전주 출장을 바란다는 이야기를 들은 뒤였다.

"무슨 소리요? 내가 어찌 이러한 때에 몸을 가벼이 하겠소."

"대인께서 저에게 약조한 바가 있지 않습니까?"

원세개는 험악하게 민영준을 노려보았다. 원세개로선 청군이 개입하는 것에 대한 왕의 관심을 끌기 위한 것이었고, 동학군들이 지금처럼 득세하지 않고 미미할 때 나서겠다는 뜻이었다.

"본국에서 병사들을 준비하고 있는 마당에 내가 뭐 하러 거길 간단 말이오. 나에게 조선 8도의 병마와 각 영의 군무를 지휘할 수 있는 병권을 다 넘긴다면 모를까."

"제발 한 번만이라도 가 주십시오."

원세개는 끝끝내 답을 하지 않았다.

"원세개의 말이 어찌 이리 다를 수 있느냐!"

왕은 원세개가 조선의 모든 병권을 넘기라는 말에 격분했다.

민영준은 동학군이 한성을 향해 진격하고 있다는 보고에 몸이 달아올랐다.

"전하 사세가 심히 급하옵니다. 원 대인이 청군을 불러도 절대로 한성 안에는 들어오지 않는다고 약조하였사옵니다."

"청병이 오면 일본도 군대를 보낼 것이다. 그땐 어찌할 셈이냐?"

얼굴에 핏기가 사라진 왕이 따져 물었다.

"국제공법에 도성 20리 안에 난군이 들어오기 전에는 어느 나라 병력도 하륙할 수 없사옵니다. 원세개에게 일본군의 발을 묶어둘 단단한 도리가 있을 것이옵니다."

왕의 얼굴이 심하게 일그러졌다.

"전하, 통촉하여주시옵소서."

"아!"

"전하 원세개가 만반의 계책이 있다고 하였사옵니다."

이날 밤 비로소 조선은 의정부 영의정 조병세 명의로 청국에 출병을 요청했다.

그러나 이미 원세개의 허위 보고를 받은 이홍장은 출병을 지시했고, 미리 정탐한 일본은 그보다 먼저 군대를 움직였다.

일본은 6월 5일 육군참모본부에 조선 출병을 위한 대본영을 설치했다.

청국 정부가 일본에 조선 출병을 알린 날은 7일, 일본은 이틀이나 먼저 움직인 것이다. 휴가 중이던 오토리 게이스케 공사가 일본군 선발대인 육전대 300명을 끌고 인천에 먼저 상륙했다. 그는 인천에 상륙하자마자 육전대를 끌고 한성으로 곧바로 돌진했다.

이를 보고받은 왕은 발을 굴렀다.

"이게 어찌 된 일이냐!"

"전하, 급히 외아문 독판과 르장드르를 보내 저들이 공법에 어긋나는 행동을 하고 있음을 강력 항의해 저지해야 합니다."

왕비는 미국인 외교 고문 르장드르를 보내 오토리와 군대의 입경을 막고자 했다. 미국 같은 서구 열강과 국제법에 약한 일본을 우선 막아야 했다.

이치노헤 효에 소좌가 지휘하는 일본군 1개 대대 2,000명이 인천에 상륙했다.

청군은 3,000명이 아산에 도착했다.

홍계훈은 농민군이 머문 전주성 안으로 서찰을 던졌다.

'너희들이 바라는 바를 들어줄 테니 속히 해산하라.'

전봉준은 심각한 고민에 빠졌다. 완산전투에서 연패하자 농민군의 사기는 땅에 떨어졌다. 전봉준을 홍계훈에게 바쳐 목숨을 구하자는 무리까지 나왔다.

"좋은 소식이 있을 것이니 동요하지 말라. 이미 내 말을 따라왔는데 사지死地에 들어와서 어찌 다시 한 번 내 말을 듣고 조금 더 참지 못하는가."

전봉준은 동요하는 농민군에게 준엄하게 말했다.

전봉준은 농민군이 점차 고립되자 홍계훈에게 폐정개혁안

을 임금께 올릴 것과 신변 안전을 다짐받고 해산을 결정했다. 청국 군대가 아산에 도착하고 일본군 수천 명이 제물포에 도착했다는 소식이 전봉준의 마음을 무겁게 했던 것이다.

"안전을 지켜줄 물침표勿侵表를 줄 테니 속히 해산하라."

홍계훈은 후임 전라감사로 파견된 김학진으로부터 조정의 명을 비밀리에 전달받았다.

농민군에게 퇴로를 열어 주어 조속히 전주성을 되찾으라는 명이었다.

일본군의 경복궁 점령

1894년 7월 23일 0시 30분.

오시마大島 여단장에게 오토리 게이스케 공사의 급전이 도착했다. 오시마는 밤새 용산에서 대기 중이었다.

'계획대로 실행하라.'

오시마는 급전을 받자 즉각 명령을 내렸다.

"경성과 의주, 경성과 제물포의 전선을 절단하라."

일본군 6중대는 경복궁 동쪽 건춘문으로 진격하기 위해 남대문으로 향했다. 다케다 중좌가 이끄는 부대는 서대문을 통해 경복궁 서쪽 영추문으로 달려갔다. 선두에는 공병 소대가 앞장섰다. 왕궁의 문이 굳게 닫혔다면 폭파시켜 부순다는 계획이었다.

경복궁 뒤 언덕에는 나가노 교타로가 궐내를 뚫어지게 지켜보고 있었다.

“왕이 도주한 뒤 왕궁을 포위하면 아무 소용없다. 밤사이 왕이 도주하는지 지켜보라.”

스기무라가 나가노에게 못을 박듯 말했다. 나가노는 담배를 물려다 급히 쑤셔 넣었다.

‘황국을 위한 막중한 임무를 앞두고 무슨 담배인가.’

스기무라의 욕설이 들리는 듯했다.

‘조선 왕궁을 점령해 왕을 포로로 만들겠다니.’

나가노는 처음 오토리 공사의 계획을 듣고 소름이 끼쳤다.

‘이토와 무쓰 모두 제 정신이 아니야.’

대본영을 설치한다고 들었을 때부터 불길했다.

경복궁 영추문에 도착한 다케다 중좌의 일본군이 닫힌 문을 폭파시키기 위해 폭탄을 터뜨렸다. 폭약으로 실패하자 톱과 도끼로 찍어 문을 부숴버렸다. 17중대는 함성을 지르며 광화문으로 진격했다.

새벽 4시 20분쯤 일본군 6중대가 건춘문에 도착하자 조선군이 사격을 시작했다. 그러자 일본군도 사격을 총을 쏘아댔다. 3중대는 왕궁 성벽 외부에서 조선군과 총격전을 벌였고, 5중대는 군기를 들며 광화문으로 들어와 북쪽으로 달려 나갔다.

조선군은 총을 격렬하게 쏘아대며 일본군과 치열하게 교전을 벌였다. 일본군 지원군이 합세하자 조선군은 북쪽으로 후퇴하며 교전을 이어갔다.

"왕이 어딨는지 빨리 찾아내라."

야마구치 대대장이 소리쳤다.

"이게 무슨 소리냐."

집경당緝敬堂에 있던 왕비는 소스라치게 놀라 외쳤다.

상궁이 새파랗게 질려 아뢰었다.

"일본군이 궁 문을 부수고 난입하였다 하옵니다."

'기어이 이놈들이.'

왕비는 옷을 갈아입으며 마음을 가라앉혔다.

"중전마마 전하께서…흑흑."

상궁이 말을 잊지 못하고 울음을 터뜨렸다.

"무슨 일이냐?"

"전하께서 중전마마를 건청궁으로 피하시라 하옵니다."

왕비는 왕이 있는 함화당咸和堂으로 성큼성큼 건너갔다.

"중전, 어서 피하시오."

얼굴에 핏기가 가신 왕이 외치듯 말했다.

"전하, 궁 안에서 피한들 어딘들 안전하겠사옵니까. 차라리 여기를 지키며 사람들의 마음을 안정시키겠사옵니다. 전하와 함께 있을 것이옵니다."

"중전…."

왕의 눈빛이 결연해졌다. 총알 튀는 소리가 점점 가까워졌다.

"칼자루를 잃어서 적의 머리를 베지 못할 바에야 우선 적의 칼날을 늦추는 것이 상책이옵니다. 그다음에 다른 방도를 생각하시옵소서."

왕은 외무독판 조병직을 불러 오토리 공사를 찾아오도록 했다. 바깥이 일본말이 뒤섞이며 크게 소란스러워졌다. 막무가내로 들이닥친 일본군의 야마구치 대대장이었다.

통역을 대동한 야마구치는 왕에게 조선군이 무기를 내려놓도록 어명을 내리라고 요구했다.

"지금 오토리 공사를 기다리고 있다."

"전하, 지금 시간이 없습니다. 당장 어명을 내리십시오."

야마구치는 왕에게 눈알을 부라리며 막무가내였다.

"왜병은 얼마나 되느냐?"

왕비가 숨을 고르며 물었다.

"우리 군사에 비해 4배는 되는 듯하옵니다. 여기저기 조선 병사들이 왜병의 총을 맞고 쓰러져 있사옵니다."

"전하, 우리 군사들의 희생을 줄이기 위해 우선 저들의 요구를 들어주시옵소서."

왕은 총격전을 벌이고 있는 조선군 시위대에게 발포 중지와 무기를 반납하라는 명을 내렸다.

"전하!"

조선군은 군복을 찢고 들고 있던 스나이더 소총을 부숴버리며 통곡했다. 새벽부터 시작된 총성이 완전히 멈춘 것은 오후 4시 무렵이었다. 궁에서 빠져나온 조선 군병들은 하도감으로 몰려갔다. 총을 가진 자도 있었고 칼을 움켜쥔 자도 있었다. 군병들은 급히 하도감에 있던 대포를 모았다.

"우리 모두 나라의 지극한 은혜를 입었다. 죽기를 각오하고 항전하자. 우리가 흩어지지 않음을 알면 왜놈들이 함부로 날뛰지 못할 것이다. 이리로 쳐들어오면 방포放砲하자."

그러나 일본군이 하도감 주위를 포위하자 조선 군병에게 무기를 버리라는 어명이 내려졌다.

"전하!"

조선 군병들은 분노하며 칼로 돌을 내리치며 통곡했다. 산이 무너지는 듯했다.

경복궁을 점령한 일본군은 무기고에 있던 무기들을 빼내기 시작했다. 왕이 조선군을 강하게 키우기 위해 사 모았던 무기들이었다. 소총이 2,000정, 대포 30문, 기관총 8문, 화승총, 군마를 모두 빼앗아 싣고 나갔다. 왕궁 곳곳에 있던 나라의 진귀한 보물도 훔쳐 빼내갔다. 태조 때부터 모아둔 귀중한 서책과 기록, 왕실의 보물이 실려 나갔다.

악몽

율리는 악몽에서 깨어나자 음산한 냉기를 느꼈다. 며칠 전부터 나가노의 표정이 어색하고 자신을 피했다.

'무슨 일이 있는 거야. 한성으로 가야 해. 왜놈들이 도처에 깔렸는데 어떻게 가지?'

율리는 급히 승마복에 프록코트를 걸치고 모자를 눌러썼다. 요정의 문을 두들겨 취해 잠든 니시무라를 깨웠다.

"무슨 일이야 귀찮게. 넌 누구냐?"

머리가 잔뜩 헝클어진 니시무라가 화를 냈다.

"율리입니다."

율리는 모자를 벗었다.

"어? 무슨 일인가?"

“한성에 큰일이 벌어질 거 같아요. 빨리 가봅시다.”

“무슨 일인데?”

술이 덜 깬 니시무라가 찬물을 들이켰다.

“잠깐 오늘이… 며칠이지?”

“23일이에요.”

“앗! 이런 바보 같으니.”

니시무라는 후다닥 일어났다.

“당신은 왜 한성에 가려는 거지? 오늘 같은 날은 안 가는 게 좋아.”

율리는 가슴이 철렁 내려앉았다.

“한성에 내가 뿌려둔 돈이 얼만데요. 얼른 가서 거둬들여야 해요.”

“난 정부에서 발급한 허가증이 있지만 당신은 없잖아.”

“일본서 데리고 온 사진사나 화공이라 해주세요. 모자를 눌러쓰면 모를 거예요.”

“거기 서.”

일본 초병이 말을 타고 달리던 니시무라와 율리를 막아섰다.

“두 사람 다 말에서 내려.”

키가 작은 일본군 초병이 눈을 사납게 떴다.

"난 〈도쿄니치니치신문〉의 니시무라 기자요."

"기자? 어디 가나?"

"한성에 변란이 일어난 듯해서 취재하러 갑니다."

삼엄한 부대를 보자 니시무라는 기가 죽었다.

"취재? 옆에는 뭐야?"

초병이 율리를 노려보았다.

"화공입니다. 니시키에 그리는."

"니시키에?"

"예."

이때 부대장으로 보이는 자가 나타났다.

"기자와 니시키에 그리는 화공이라 합니다."

초병이 부대장에게 큰 소리로 말했다.

"이봐 보도하기 전에 검열 받는 건 알고 있지?"

"예."

니시무라는 저도 모르게 초병처럼 소리 높여 대답했다.

일본병들은 피난민은 제지하지 않았지만, 도성 안으로 들어가는 자들은 막았다. 다만 외국인들에 대해서는 길을 막지 않았다.

〈도쿄니치니치신문〉은 한성에 파견된 통신원 기사로 호외를 발행했다.

'오늘 아침 8시 한병韓兵(조선군)이 무슨 이유 때문인지 우리 초병을 향해 발포함에 따라 우리 병사 1대가 즉시 응전하여 20분 만에 그들을 물리쳤으며 살상이 있었다. 한병은 퇴각하여 왕성으로 들어갔고, 우리 병은 진격하여 왕성을 지켰다.'

한성에 들어온 일본 통신원들의 기사와 이를 그린 니시키에가 도쿄 거리에서 팔려나갔다. 서구식 군복을 입고 경복궁을 침략하는 일본군을 용감하고 멋지게 그린 모습이었다. 일본 군인의 형상은 키가 크고 미끈하게 생긴 백인의 모습이었다.

"너는 이제부터 일본 부대를 따라가라. 일본 대장의 명령에 잘 따르도록."

용호영 참령이 소나무 아래 있던 호랑이를 발견하고 지시했다. 용호영에 속했던 호랑이는 어명에 따라 무기는 반납했지만 궁을 떠나지 못하고 눈물을 흘리고 있었다. 일본놈들이 주상 전하와 왕비 전하의 손끝 하나라도 건드리면 다 쏴 죽일 생각이었다.

"무슨 말이요?"

호랑이가 눈에 불을 켜고 대들었다.

"일본군 대장이 청국말과 일본말을 할 줄 아는 놈을 찾았다."

"싫소. 왜놈 가랑이 밑으로 기라고요. 차라리 뒈지는 게 낫지."

"이 자식이! 명령이다."

참령이 눈을 치켜뜨며 주먹을 휘둘렀다.

'이 쪽발이 앞잡이.'

퉤!

호랑이가 침을 뱉자 참령이 허리춤에서 단총을 빼 머리를 내리쳤다.

갑오경장

“이범진을 불러오거라.”

왕비는 이범진을 다급히 찾았다. 이범진은 6년간 생모와 양모, 부친이 차례로 돌아가 상喪을 치르느라 대궐 출입을 거의 하지 못했다.

“황송하오나 일본공사관의 문표가 없으면 대궐에 들어올 수가 없사옵니다.”

상궁은 왕비의 심기를 살피며 아뢰었다.

왕비는 주먹으로 서안을 내리쳤다. 이범진을 보내 러시아공사관과 긴밀히 연락해야 했다.

일본군이 경복궁을 점령한 이후 왕과 왕비는 연금상태였다.

일본군은 왕과 왕비, 세자를 경복궁 동쪽 전각으로 몰아넣었다. 1,000명에 가까웠던 내관과 상궁, 나인, 종복이 100여 명으로 줄었다.

일본군 지휘부는 경회루 아래에 진을 치고, 비게 된 전각과 방에 일본군이 들어찼다. 빈 전각과 방을 일본군 식당과 처소로 사용했다. 궁의 모든 문을 철저히 감시하며 외부인의 출입을 막았다.

드넓은 왕궁에 왕과 왕비, 세자만이 덩그러니 남겨진 듯했다.

일본은 왕의 권한을 군국기무처로 옮겼다. 총재가 된 김홍집과 친일개화파로 불린 안경수, 김가진, 유길준, 조희연, 권영진, 김학우가 주축이었다. 이들은 군국기무처에서 200건이 넘는 개혁안을 파죽지세로 통과시켰다.

일본공사관은 전부터 이들을 집중적으로 접촉해 우군으로 만들어놓았다. 조희연의 집에 모여 자신들의 처지와 시국을 한탄해오던 이들은 일본군의 경복궁 점령 이후 날개를 달았다.

"전하와 중전마마는 무사하십니까?"

이범진은 언더우드 부인이 나타나자 벌떡 일어나 물었다.

일본군은 외국인의 왕궁 출입은 강제로 막지 못했다. 경복궁을 불법으로 점령한 이상, 서양을 자극해 외교적으로 비난받는 것은 두려워했기 때문이다. 이를 알고 왕비는 언더우드 부인을 자주 불렀다.

"다행히 무사하세요. 일본군이 꼼짝 못하게 지키고 있어요."
"죽일 놈들."
이범진의 눈이 타올랐다.
"전하와 왕비 전하께서 당신과 신하들을 만나고 싶어 하세요."
"어떻게 해서든 뵐 겁니다."
"왕비 전하께서 일본군을 자극하지 말라고 하셨어요. 조만간 사람을 보내겠다고요."
"알겠습니다."
이범진은 눈물을 감추기 위해 고개를 떨구었다.
"일본당 놈들이 권력을 뺏기 위해 갖은 간계를 쓰고 있습니다. 전하를 배신하면서요."
"정말요?"
"궁내부란 걸 만들어서 전하가 정사에 간여하는 걸 막았어요. 신하들을 임명하는 전하의 권한도 빼앗고요."
"일본공사는 조선을 개혁하겠다고 떠들고 있어요."
언더우드 부인은 화가나 언성을 높였다.
"저놈들은 탁지부란 걸 만들어 왕실의 마지막 돈줄까지 다 가져갔습니다. 전하와 중전마마를 말라 죽게 하려는 겁니다."
"일본이 중국에게 이기고 있다니 상황은 더 나빠지겠죠. 다행인 것은 왕비 전하께서 침착하신 겁니다."

"아!"

이범진의 눈에 희망이 떠올랐다.

원세개는 일본군이 한성으로 출격하기 직전 허겁지겁 군함에 올라 도망쳤다. 원세개는 일본군이 속속 증파되자 문밖에도 나가지 못하고 안절부절 못했다. 일본군이 원세개가 머물고 있는 곳에 대포 구멍을 향하게 하자 하얗게 질려버렸다.

중국으로 달아나고 싶어 병까지 나자, 측근인 당소의가 이홍장에게 귀국을 허락해달라는 편지를 쓸 정도였다. 드디어 원세개가 달아나자 온갖 행패를 부리던 청국 상인들도 허둥지둥 짐을 싸서 떠났다.

왕비의 통곡 소리가 전각을 처절하게 울리고 있었다.

놀란 세자가 왕비에게 달려왔다.

"어마마마 무슨 일이시옵니까?"

"세자…."

왕비는 세자의 손을 꼭 붙들고 말을 잇지 못했다. 일본군이 왕궁을 점령한 때에도 이처럼 눈물을 보이지 않았던 왕비였다.

스무 살이 넘은 세자는 의젓하게 자라 있었다.

"세자… 놈들이 조상님께 올리던 제사까지 줄였소. 이런 큰 죄가 어디에 있을지. 죽어서 어찌 조상님들을 뵐지 두렵기만 하오."

"아…."

제사를 중하게 여겨온 왕비였기에 세자의 마음은 찢어졌다.

"어마마마 소자 송구하여 얼굴을 들지 못하겠사옵니다."

"조상님의 크고 깊은 음덕으로 이 나라를 지켜왔는데 놈들에게 뺏겼으니 큰일이오."

왕비의 애통한 울음소리가 대궐을 울리고 있었다.

풍도 해전

1894년 7월 일본연합함대 사령관 이토 유코 중장은 순양함 13척, 포함 2척, 수뢰정 6척, 특무함 1척으로 편성한 연합함대를 끌고 조선을 향했다.

25일 새벽 아산만의 풍도 앞바다.

쾅!

일본의 요시노함이 청국 군함 제원호에게 포격을 가했다. 청국 군함 제원호와 광을호는 병력을 태운 고승호를 호송하기 위해 대고大沽로 향하고 있었다.

요시노함은 제원호를 발견하고 맹렬히 포격을 시작했던 것이다. 일본이 청국에 절교서를 전달했지만 아직 공식적으로 선전포고를 하기 전이었다.

제원호 함장 방백겸은 일본의 기습 공격에 당황했다.

“일본 군함이 추격해온다.”

“백기를 올려라.”

“도주하라.”

방백겸은 급히 명령을 내렸지만 훈련 부족으로 제대로 전달되지 못했다. 일본 군함은 성난 용처럼 사정없이 불을 뿜어댔다. 광을호는 시커먼 연기 속에서 거대한 불덩어리가 가라앉듯 사라졌다. 광을호가 완전히 수면 아래로 가라앉을 때까지 일본 군함 4척은 맹수처럼 주위를 돌며 포탄을 맹렬히 퍼부었다. 광을호가 가라앉자 연기구름이 순식간에 물속으로 빨려 들어갔다. 그 위를 장막으로 황급히 덮은 듯 거짓말처럼 사라졌다.

“와!”

광을호가 침몰하자 일본 군함에서 환호성이 터져 나왔다. 사령관 이토 유코는 풍도에서 일본이 승리하자 감격했다. 3년 전만 해도 일본 해군은 청국 해군에 상대가 되지 않았다.

청국은 독일에서 주문한 세계 최강의 철갑선 정원호, 진원호를 갖추고 있었다. 몇 년 전 청국 정여창 제독이 정원호와 진원호를 요코하마로 몰아 일본 해군의 시찰을 허용할 정도로 자신만만했다. 정원호와 진원호에 올라탄 일본 해군은 입을 다물지 못했다.

정원호는 7,430톤급으로 독일 크루프포 4문을 갖추고 있었다. 포탑은 14인치 강판으로 싸고, 현측에는 12인치 강철판을 둘렀다. 그야말로 '불침함'이었다.

정원호와 진원호를 보고 충격에 빠진 일본은 이듬해 마츠시마, 하시다테, 이츠쿠시마함을 건조했다. 그러나 1시간에 3발 발사로 전력 면에서 뒤떨어졌다.

아이들이 놀이 이름을 '정원 잡기'로 할 만큼 일본인의 위기감은 높았다. 일본 해군을 놀릴 때면 "너희들은 정원호, 진원호를 이길 수 있는가?"라고 하면 그만이었다.

일본은 청국의 정원호처럼 철갑선은 없지만 영국에 요시노함을 주문했다. 속력 23노트로 세계에서 가장 빠른 전함이었다.

일본은 해군의 전력을 높이기 위해 외국 차관을 일으키고, 천황과 귀족들은 헌금에 나섰다.

고승호는 풍도의 상황을 알지 못한 채 대고에서 청군 1,200명을 태우고 출발했다.

고승호는 병력과 군수품 수송을 위해 이홍장이 빌린 영국 국적의 상선이었다. 풍도에서 일본군의 공격을 피해 빠져나온 제원호가 고승호를 발견했다.

"전쟁이 시작됐다. 빨리 회항하라."

고승호는 바다에 짙게 깔린 매연과 포연으로 제원호가 보낸 위험 신호를 알아차리지 못했다.

일본의 나니와함이 바다 위의 고승호를 발견했다. 나니와함의 선장은 도고 헤이하치로東鄕平八郎였다. 도고 헤이하치로는 10년 뒤 러·일 전쟁 때 일본연합함대를 이끌고 러시아 해군을 궤멸시킨 인물이다.

일본 해군의 요시노함, 아키츠시마함도 뒤를 따랐다. 나니와함은 고승호에 두 발의 공포를 쏘고 닻을 내리라는 신호를 보냈다. 나니와함의 일본 장교가 고승호를 세우고 "따라오라"는 명령을 내렸다.

청국 장수들은 고승호의 영국인 선장에게 칼을 들이대며 협박하기 시작했다.

"왜놈 명령에 복종하거나 배를 떠나면 죽여 버리겠다."

청국 장수들의 살벌한 협박에 영국인 선장은 어쩔 줄 모르고 있었다.

"고승호는 영국 국적의 선박이다. 일본의 선전포고가 있기 전에 항구를 떠났기 때문에 대고로 되돌아가야 한다."

독일 퇴역 장교로 청나라 정여창 제독의 고문을 맡은 한네켄이 일본 장교에게 말했다. 일본 장교는 한네켄의 항의를 무시했다.

"유럽인은 배에서 떠나라."

일본군은 영국인 선장과 한네켄 같은 외국인은 고승호에서 벗어날 것을 종용했다. 나니와함의 뱃머리에 붉은 깃발이 올라갔다. 어뢰를 발사하겠다는 신호였다.

어뢰 한 발이 고승호를 향해 돌진해 석탄 저장고를 타격했다. 청국병들이 우왕좌왕 하는 사이 고승호의 영국인 선장이 바다로 뛰어들었다.

나니와함은 기관포와 대포를 고승호를 향해 퍼부었다. 청국병을 태운 고승호는 서서히 바다로 침몰하기 시작했다. 나니와함은 구명보트를 내렸고, 영국 선장과 유럽인만 구조했다. 국제공법상 문제가 될 경우 유리한 증언을 끌어내기 위한 조치였다.

일본군은 바다에 뛰어든 청국 병사를 향해 총기를 난사했다. 일본의 공격으로 고승호에 탔던 청국 병사 1,000여 명이 숨졌다.

일본이 영국 상선을 침몰시켰다는 사실이 알려지자 영국은 발칵 뒤집혔다.

일본은 재빨리 교섭에 나서 전격적인 보상을 약속했다. 국제공법학의 대가인 홀랜드와 웨스트레키가 신문에 일본의 공격은 정당했다는 글을 실으면서 영국 여론은 빠르게 가라앉았다.

사실 영국은 일본을 자극할 필요가 없었다. 세계의 제해권을 혼자 책임질 수 없는 영국으로선 일본의 우수한 해군력이 필요했다. 러시아를 억제하기 위해 일본의 해군력을 이용하기로 한 것이다.

일본은 육군에 비해 상대적으로 열세로 알았던 해군이 대승을 거두자 사기가 치솟았다.

이홍장은 1876년부터 영국으로부터 포선 4척을 구입하고, 해군 군관을 육성하기 위해 유학생들을 영국과 프랑스에 보냈다. 북경에 해군아문을 설치하고 실권을 쥐었다. 1877년까지 200만 냥을 투자하고, 이후엔 2년간 매년 130만 냥을 쏟아부었다. 영국인과 독일인을 초빙해 북양함대의 훈련을 맡겼다. 그러나 각 부대가 장비를 각기 달리 구입해 통일되지 않았다.

몇 년 뒤 군함의 대포 덮개를 벗기자 구멍에서 젓가락과 야채 찌꺼기가 나와 관리 부실을 드러냈다. 일부 대포의 탄약에선 코코아 가루가 발견돼 심각한 군납 비리를 보여줬다.

8월 1일.

일본 천황은 드디어 청국을 향해 선전宣戰 칙서를 발표했다.

천황이 아니라 '대일본제국황제'라는 이름으로.

황궁의 현소賢所에서 조상과 하늘에 전쟁 시작을 알리는 의식을 올렸다.

일본의 꿈, 대륙 침략

"청국이 독변군무처督辦軍務處를 편성했다고 합니다."

참모차장 가와카미 소로쿠가 이토 히로부미에게 보고했다.

"독변군무처 그게 뭔가?"

"청국이 풍도와 성환 전투에서 우리 황국군에게 연패하자, 뒤늦게 정부 차원의 전쟁지도부를 구성한 겁니다."

청국 조정은 이전까지 일본과의 전투를 직예총독 이홍장에게 전권을 위임했다. 이 때문에 일본군과 이홍장의 전투로 인식했다. 직예를 빼고 다른 지역 총독들은 뒷짐만 지고 구경하는 상황이었다. 그러나 일본군에 연패하자 뒤늦게 전쟁지도부를 꾸린 것이다.

"발 빠른 대응이군."

이토는 냉소를 지으며 앞에 펼쳐진 대륙 지도를 바라보았다. 지금 같은 전세라면 대륙으로 들어가 북경을 손에 쥘 날도 멀지 않았다.

이토는 가와카미가 성격이 강한 것만 빼면 매우 유능한 지휘관이라고 인정했다. 1888년부터 구식체제인 진대제에서 사단체제로 바꾼 것도 가와카미의 주장이었다. 가와카미는 전쟁을 위해 정보를 치밀하게 모으기 시작했다. 청국의 장패륜이 황제에게 올린 '일본 분쇄론' 같은 극비 문서도 손에 넣고 있었다.

일본 낭인과 하급 장교들을 여행객이나 상인, 학자로 위장해 조선과 청국에서 정보를 캐오도록 했다. 기병대를 조직해 조선과 청국 국경 지역의 도로와 지형, 무기 배치 등을 샅샅이 정찰했다. 현지인을 매수해 군대의 무기 성능과 사기, 보급로도 자세히 알아냈다.

일본군은 프랑스 육군으로부터 기병부대 편성과 운영에 대해 전문 지식을 얻어 경험을 쌓았다.

일본군의 '대부'인 야마가타 아리토모가 제1군 사령관으로 부산에 상륙, 내륙으로 신속히 북상했다.

청국에서는 성환·아산에서 패퇴한 장수 엽지초가 평양전투의 총사령관으로 임명돼 군을 이끌었다. 엽지초는 전투에서 패주했음에도 이홍장에게 승전한 것처럼 허위 보고했던 것이다.

처음에는 청군의 깃발을 휘날리며 마차에 군수물자를 잔뜩 싣고 이동했다. 그러나 청군은 장맛비가 쏟아지자 마차도 버리고 흩어지기 시작했다. 청국 병사들은 조선 마을을 노략질하고 논밭의 곡식을 뽑아 갔다. 조선인은 일본군대가 왕궁을 침공해 임금을 감금하고 있다는 사실에 분노했다. 그러나 청국 군사들의 패악에 경악했다.

성환전투에서 패한 청군 2,000여 명이 평양에 도착했다. 이들로부터 성환전투가 패했다는 사실이 알려지자 청군의 사기는 땅에 떨어졌다.

청군 진영에는 평양감사 민병석 휘하의 군병이, 일본군 진영에는 이두황이 이끄는 조선군이 강제로 동원됐다. 호랑이는 이두황의 부대에서 무라타 소총을 들고 평양성을 겨누었다.

일본군 1만 6,000명이 평양성을 전방위로 포위하자, 엽지초는 성루에 백기를 걸고 도주했다.

장수가 도주하자 병사들도 흩어지기 시작했고 포 40문, 소총 1만 정마저 내버렸다. 청군 2,000명이 전사하고 500명이 포로로 잡혔다.

일본군은 이틀 치 식량밖에 남지 않은 위험한 상황이었는데 엽지초의 백기투항으로 운좋게 전세를 뒤집었다.

이토는 이홍장이 키운 북양함대와의 결전을 앞두고 긴장했다. 그러나 일본 해군은 황해해전에서 이홍장의 북양함대를 궤멸시켰다.

"이제 됐다."

이토는 북양함대를 궤멸시켰다는 승전보를 듣자 펄쩍 뛰며 좋아했다. 일본군은 북양함대를 궤멸시켜 서해안에 대한 제해권을 거머쥐었다. 일본병력과 군수물자를 맘껏 수송할 수 있게 됐다는 의미였다.

일본의 대승은 청국의 승리를 의심하지 않던 세계열강을 충격에 몰아넣었다.

"일본군이 이렇게 강한 줄은 상상도 못 했습니다."

실 미국 공사는 힐리어 영국 공사에게 털어놓았다.

"우리 영국도 놀랐으니까요."

"이렇게 빨리 유럽 강국과 맞먹는 군사력을 갖다니 놀랍군요."

"하기야 일본은 700년간 사무라이의 나라 아니었습니까. 외부의 자극이 있으면 본능적으로 군사적인 위협으로 느껴 목숨 걸고 싸우는 민족이죠."

"맞아요. 사무라이의 위계질서도 무서울 정도로 엄격하고, 상명하복이 체질화된 사람들이라 유럽의 군사 제도를 빨리 익힌 것 같군요."

"천황이 군대 훈련을 직접 챙겼다는군요. 군항도 정비해서 언제든지 출격할 수 있도록 하고요."

"그에 비해 청국은 아직도 잠자고 있는 사자랄까. 지금 벌이고 있는 전쟁도 중국과 일본의 전쟁이 아니라 이홍장과 일본의 전쟁이라니까요."

힐리어는 7월에 맺은 영·일 통상항해조약을 떠올렸다. 지금은 홍차를 마시며 청국을 비웃고 있지만, 영국은 일본과 동맹을 맺어 청국을 돕지 않겠다는 뜻을 밝힌 셈이었다. 일본은 영국만 개입하지 않는다면 조선과 중국에 대한 총공격에 나설 태세였다.

"그 말은 맞습니다. 남양함대와 복건·광동함대도 있는데 이홍장의 북양함대를 돕지 않는다면서요?"

실 공사가 이해할 수 없다는 듯 고개를 저으면 물었다.

"청 조정이 뒤늦게 전쟁지도부라고 구성했지만 지휘관들은 늙고 전술에 대해 잘 모른다고 합니다. 충성심마저 부족하니 이길 수가 있겠습니까?"

힐리어가 찻잔을 달그락거리며 내려놓았다.

"중국 병사들은 훈련이 부족해서 일본군이 '돌격!'하고 뛰어오면 도망치기 바쁘다고 합니다."

"일본 천황이 대본영을 히로시마로 옮겼다고 하는군요."

1894년 11월 여순항.

여순항은 이홍장의 북양함대가 10여 년간 구축해온 해군기지였다. 크루프포 100여 문이 포진돼 있고 해안 방어물에는 24cm 구경의 중포가 배치됐다. 400m가 넘는 언덕과 절벽이 군항과 도시를 완벽하게 둘러싼 천혜의 요새다.

"기근 말고는 어떤 것도 무너뜨릴 수 없는 요새"라는 말을 들었다. 이홍장도 "금성철벽처럼 견고하다"며 자랑해온 군항이었다.

여순항에는 일본군의 침공을 앞두고 긴장감이 팽팽했다. 황제의 깃발이 요새 곳곳에서 바람에 휘날렸다. 황제의 명령을 적은 벽보가 나붙었다.

'천자의 병사와 백성에게 - 모든 일본 개들을 죽여버려라.'

청국 진영에 커다란 반원 모양으로 배치된 크루프포가 일제히 섬광을 터뜨렸다.

일본군이 상륙하자 청국군대가 공격한 것이다. 포탄의 쇳소리와 화염, 폭음이 공기를 찢었다.

"돌격!"

일본군 지휘관이 칼을 뽑아 들고 돌격을 외쳤다. 배낭을 멘 일본 병사들은 살기에 찬 눈으로 총과 칼을 번득이며 전속력으로 내달렸다.

산이 무너질 것 같은 일본군의 함성을 들은 청국 병사는 잠시 응사하다 달아나기 시작했다.

청국 병사들이 든 총은 대부분 스나이더나 모젤 총으로, 총알이 서로 맞지 않아 쓸모없는 경우도 많았다. 청국 병사들은 훈련이 미흡해 전투가 벌어지자 공황상태에 빠져 달아나는 자가 많았다.

일본군은 번화한 여순항에 머물고 있던 민간인을 저수지로 몰아갔다. 물에 빠져 죽지 않으려고 비명을 지르며 달아나면 총구를 겨눴다. 일본군의 민간인 대학살이 알려지자 각국의 비난이 쏟아졌다.

청국은 난공불락이라 여겼던 여순항이 무너지자 북경 함락이라는 최악의 상황을 우려하기 시작했다.

"중전마마, 무사하셔서 얼마나 다행인지 모릅니다."

몰래 입궐한 심상훈이 눈물을 흘렸다. 심상훈은 왕의 외사촌이었다. 왕과 왕비의 사랑을 받아온 심상훈은 일본군의 만행에 이를 갈고 있었다.

"잘 들으세요. 일본군이 날뛰고 있지만 창의군을 일으켜 막아주세요. 동학군도 일본의 소행에 분노하고 있다 하니 그들과 손을 잡으면 될 겁니다."

"예 중전마마."

"민응식과 민형식에게도 이야기해 놓았으니 힘을 합쳐주세요."

"명을 받았으니 목숨을 아끼지 않겠사옵니다."

심상훈은 눈물을 흘리며 명을 받들었다.

이범진은 신병을 이유로 영변 부사직에서 물러났다.

경복궁 점령 후 집권한 대원군과 친일개화파는 왕의 측근인 이범진을 한성부 좌윤에서 영변부 부사로 강등, 좌천시켰다. 그는 한가로이 외직에 있을 때가 아니라고 판단했다.

"태웅, 소식 들었소? 통제영학당이 없어진다는군."

강화도 갑곶의 통제영학당을 찾은 태웅은 날벼락 같은 소리를 들었다.

"콜웰 씨 그게 무슨 소리요?"

태웅은 깜짝 놀라 영국인 교관 윌리엄 콜웰에게 물었다.

"일본이 정말 황당하게 나오는군. 왕과 왕비 전하도 허탈하겠소."

통제영학당은 왕과 왕비가 조선 해군을 세우겠다며 어려운 상황 속에서 시작한 해군학교였다. 영국 정부는 조선 정부가 힐리어를 통해 수차례 독촉한 다음에야 예비역 해군대위 윌리엄 콜웰과 하사관 제임스 커티스를 교관으로 보냈다. 중국이나 일본과의 관계를 먼저 생각하는 영국으로선 내키지 않았던 것이다.

영국 공사와 왕실 사이를 오가며 협상한 사람이 태웅이었다.

"영국에 만족스런 조건을 내밀어야 움직일 듯하옵니다."

왕비는 영국의 미온적인 태도를 못마땅해 하고 있었다.

"어떤 조건이면 되겠느냐?"

"힐리어에게 알아봤사옵니다. 계약은 2년으로 하고 1년에 5천 원을 주고 영국과 조선으로 오가는 여비를 우리가 부담하는 조건이옵니다."

"휴유… 그렇게나 많이 줘야 하느냐?"

왕비가 초빙 조건을 듣자 한숨을 쉬었다.

왕은 태웅의 말을 가만히 듣고만 있었다.

"총세무사가 영국 교관들의 봉급 지급을 보장한다고 약속해야 할 것 같습니다."

"하는 수 없지. 전하, 윤허하시지요."

왕비가 가느다란 손목을 보이며 가슴에 손을 대었다. 담증으로 답답할 때 보이는 모습이었다.

하루빨리 해군을 키워야 하는 상황이었다.

"교관은 대포와 수뢰에 대한 기술도 잘 알겠지. 힐리어에게 전에 말한 윤선輪船 구입도 서두르라고 하거라."

그렇게 해서 세워진 통제영학당이었다. 지방 관리의 자제 중 20세 이하를 사관생도로 뽑아 식비와 수당까지 주며 가르치고 있었다. 각도에서 건장한 청년 300명을 뽑아 수병 훈련도 시키고 있었다.

태웅은 자신의 조력으로 통제영학당이 성사된 것을 뿌듯하게 여기고 있었다. 영국 교관의 지휘 아래 생도들이 흰 제복을 입고 훈련받는 모습을 즐겨 보곤 했다. 왕도 생도들의 훈련 상황을 보고받고 누구보다 기뻐했다. 어렵게 세운 통제영학당을 일본이 폐지한 것이다.

"일본은 조선의 해군뿐 아니라 육군도 모조리 해산하고 있다던데 사실이오?"

태웅은 먼 곳을 멍하니 바라보았다.

"훈련대는 이미 일본공사의 지휘를 받고 있으니 넘어간 것이고…."

일본은 왕을 강박해 포병 소좌 출신의 오카모토 류노스케와 포병 중좌 구스노세 유키히코를 군부아문 고문관으로 앉혔다. 구스노세가 훈련대를 일본군 편제처럼 바꾸고 훈련시켰던 것이다. 조선 병사들로 구성된 훈련대는 일본군의 영향 아래 놓였다. 왕은 친일적인 훈련대를 믿을 수 없어 친위대격인 시위대侍衛隊를 만들어 궁궐을 호위하게 했다.

통제영과 병영 · 수영 · 진영鎮營이 폐지됐다. 병사들은 해산하면서 모든 무기를 반납하고, 2인 이상 모이지 말라고 엄명을 내려놓았다. 모여서 무력 항의도 하지 못하게 원천 봉쇄한 것이다.

박영효의 귀환

이토 히로부미가 보낸 거물급 공사가 이노우에 가오루였다.

이토 히로부미의 절친한 친구이자, 이토 내각의 부총리 격이었다. 한때 이토와 함께 자객으로 활동했고, 일본에서는 메이지 정권의 원훈元勳 대접을 받는 인사였다.

"낡은 칼날을 아직도 휘두를 수 있는지 시험해보고 싶소."

이노우에는 총리대신인 이토에게 이렇게 말하며 조선에 부임할 것을 자청했다. 이토와 무쓰는 조선을 자신들의 입맛대로 밀어붙이기 위해 무게감이 큰 이노우에를 보냈다.

"전하, 군국기무처를 폐하고 의정부를 다시 세우십시오."

이노우에는 왕을 알현하면서 예상 밖의 말을 아뢰었다. 왕에게 전처럼 대권을 돌려준다는 말처럼 들렸다.

왕비가 어전 병풍 뒤에서 이노우에의 말을 듣고 있었다. 거물급인 이노우에가 온다는 말을 듣고 마음이 무거운 왕비였다. 정변이 일어날 때마다 조선에 와 무례하기 짝이 없던 자가 아닌가.

'이 자가 또 얼마나 전하와 조선을 괴롭힐 것인가.'

이노우에는 병풍 뒤에 왕비가 있다는 사실을 알고 있었다.

'왕비라도 이젠 꼼짝 못할 거다.'

이노우에는 미소를 지으며 왕에게 고개를 숙였다.

이노우에의 첫 임무는 대원군과 왕비를 정사에 관여하지 못하게 묶어두는 일이었다.

"이 서찰에 대해 아십니까?"

이노우에는 대원군에게 동학농민군과 청군에게 보낸 운현궁의 밀서를 들이댔다. 대원군이 이들과 내통했다는 증거였다. 대원군은 얼굴색이 변했다.

"이제부터 난 국정에 관여하지 않겠소."

이노우에는 대원군에게 주었던 권력을 빼앗았다. 일본으로선 대원군이 더 이상 이용할 가치가 없다고 판단했다.

다음 목표는 왕비였다.

조선을 발칵 뒤집은 인물이 또 한 명 한성에 나타났다. 갑신정변을 주도해 김옥균과 함께 일본으로 도망쳤던 박영효였다. 정변 후 김옥균과 박영효에게는 대역부도죄인으로 체포령이 내려졌다. 일본이 조선의 항의를 받고도 두 사람을 돌려보내지 않자 자객을 일본에 보냈다. 김옥균은 일본 이토 정부의 냉대 속에 버려지자 이홍장을 만나겠다며 상해로 가 그곳에서 홍종우에게 처단됐다.

박영효는 7개월 전까지만 해도 자객을 피해 숨어다녔는데 이제는 일본을 등에 업고 조선 땅을 밟았다. 이노우에는 왕과 왕비를 제압하기 위해 박영효를 선택했다.

'꼭 10년 만이군.'

박영효는 추운 겨울밤 관군에 쫓기며 겨우 일본 배에 기어올랐던 때를 떠올렸다. 아버지가 죽고 형은 청군에게 참살됐다.

조정은 역적 박영효의 귀국을 극력 반대했고, 역적을 살려둬선 안 된다는 상소가 빗발쳤다.

박영효는 조선에 왔지만 살해되지 않을까 공포에 떨었다.

"박영효가 왔다 하오."

왕은 김옥균과 박영효가 시퍼런 칼을 차고 자신을 겁박하던 갑신정변을 떠올렸다. 아끼던 종신들을 무참하게 살해한 박영효와 김옥균, 서재필, 서광범을 한시도 잊지 않았다.

자신을 업고 일본으로 망명하겠다고까지 하지 않았나.

왕비는 왕의 얼굴을 보면서 어떤 생각을 하는지 훤히 볼 수 있었다.

"전하 심려치 마시옵소서. 옛일은 당분간 잊고 박영효를 다시 품어야 하옵니다."

"뭐라 했소. 다시 품다니?"

왕의 미간이 바짝 좁혀졌다.

"박영효가 3년 전에 대원군에게 밀서를 보낸 적이 있사옵니다."

"박가 그놈이?"

"박영효가 지금 대원군과 손을 잡는다면 일이 어려워집니다. 전하가 먼저 품어주세요."

왕비의 눈빛이 차분하게 내려앉았다.

왕궁에 짙은 어둠이 내렸다. 상궁과 내관, 나인들이 크게 줄고 일본군이 삼엄하게 지키는 대궐에 숨 막히는 어둠이 내렸다.

박영효와 김옥균. 갑신년 이들의 손에 죽은 세자빈의 아버지 민태호와 민영목의 처참한 시신이 떠올랐다. 일본 자객에게 일곱 번의 칼을 맞은 영익이.

역적 박영효는 주상에게 칼을 휘두르고 대신들을 처단했지만 10년 만에 버젓이 살아 돌아왔다. 김옥균처럼 참형에 처해도 분이 풀리지 않을 텐데.

'지금은 나라를 지키는 게 우선이다. 어떤 대가를 치르더라

도 나라를 지켜내야 해.'

밤새 왕비의 귀에는 갑신정변 때 목숨을 잃은 원혼들의 울음소리가 들렸다.

진고개에 숨어 있던 박영효에게 사람이 찾아왔다. 진고개는 일본인이 몰려 사는 지역이었다.

비단옷을 곱게 차려입은 중궁전의 궁녀였다.

"중전마마의 하사품이시옵니다."

순간 박영효는 다리가 휘청했다. 궁녀가 든 물건이 순간 사약처럼 보였다.

'기어이 날 죽이려고?'

궁녀의 깊은 소매 속에서 칼날이 언제 튀어나올지 몰랐다.

'10년 동안 죽을 고생을 하다 이렇게 죽는 건가.'

박영효의 얼굴이 하얗게 질렸다.

궁녀가 박영효에게 미소지으며 비단으로 정갈하게 싼 상자를 열었다. 입궐할 때 입는 조복朝服과 금과 옥으로 아름답게 꾸민 허리띠였다. 사색이 된 박영효의 얼굴에 화색이 돌았다.

"중전마마, 성은이 망극하옵나이다. 흐흐흐 흑흑흑."

박영효는 왕비의 하사품을 붙들고 웃음과 눈물을 쏟아냈다.

사흘 뒤 박영효에게 갑신정변 이전의 작위를 돌려준다는 복작復爵이 이뤄졌다. 왕비는 박영효에게 거대한 저택을 하사했다.

박영효에게 알현하라는 명이 내려졌다.

"전하, 소신을 이렇게 불러주셔서 성은이 망극하옵니다."

박영효는 왕궁을 밟게 되자 두 다리가 후들후들 떨렸다.

왕과 왕비, 세자가 박영효를 내려다보고 있었다.

"지내기에는 불편함이 없는가?"

왕이 먼저 어색함을 깨뜨리려 하문했다.

"전하와 중전마마의 보살핌으로 황송할 따름이옵니다."

박영효의 목소리가 가늘게 떨렸다.

"그동안 타국에서 고생이 많았소이다. 왜국에서 안목을 넓히고 돌아왔을 터이니 경에게 많은 것을 묻고 의지할 생각이오."

왕비는 박영효의 심장을 꿰뚫어 보듯 했다. 박영효의 심장이 터질 듯 뛰었다.

"몰수했던 논과 밭도 다시 경에게 되돌릴 것이오."

"중전마마… 망극하옵니다."

녹두장군

대원군이 보낸 밀지가 송희옥에게 비밀리에 전해졌다. 송희옥은 전봉준의 처족이었다.

"때를 놓치지 말고 사람이 찾아오면 만나보십시오."

송희옥의 다급한 전갈이었다. 대원군의 밀사 이건영이 전봉준을 은밀히 찾아왔다.

"조정에 간악한 자들이 있어 정치가 다스려지지 않고 있소. 하루라도 빨리 이들을 제거하지 않으면 안 되오. 국태공께서 생각하시는 바가 있어 의병을 불러 모으고 있소. 그대들은 응하지 않을 것이오?"

이건영은 대원군의 밀지를 남원 김개남에게도 전달했다.

"국태공의 뜻이오. 무기를 버리지 말고 힘을 합쳐 왜놈들을 토벌합시다.”

김개남은 다음날 오방 기치 8,000개를 만들라고 지시했다.

남원이 떠나갈 듯 성대한 기제旗祭를 올렸다.

“어떡하실 겁니까?”

전봉준을 보좌하는 서기가 조심스레 물었다. 밤새 고민에 빠진 전봉준의 눈은 붉게 충혈돼 있었다.

‘어쨌거나 나로 인해 청군과 왜군이 이 땅을 점령하게 됐으니.’

전봉준은 왕궁을 점령한 일본군에 대해 이를 갈고 있었다. 일본군은 평양전투에서 청국군에게 크게 이긴 뒤, 후방을 위협하는 동학군을 겨누기 시작했다. 천황이 지휘하는 대본영은 “동학군이 다시 일어서지 못하게 초멸하라”는 무서운 훈령을 내렸다. 동학군을 소탕할 일본군대가 상륙했다.

전봉준이 주먹을 움켜쥐었다.

“왜놈에게 나라가 능욕당하는 걸 보고만 있을 순 없지.”

“녹두장군이 돌아왔다.”

전봉준이 삼례에 대도소를 설치하고 농민군을 다시 모으기 시작했다. 삼례는 사방으로 교통이 편해 농민들이 집결하기 편했고 역촌이라 숙식이 용이했다. 동학 교세한 탄탄한 곳이었다.

전봉준은 격문을 돌리고, 무기고를 헐어 무장을 시작했다.

김개남은 봉기를 위해 민가에서 화약과 수레, 곡식, 장태를 거둬들였다.

"지금 남접의 전봉준과 김개남이 다시 일어설 준비를 하고 있습니다. 우리 북접도 때를 놓치지 말고 힘을 합쳐야 합니다."

북접의 손병희는 최시형에게 봉기를 주장했다. 마른 체구의 최시형이 눈을 가늘게 뜨며 잠시 하늘을 올려다봤다.

"이는 천운이 다다른 것이니 군君은 도인을 동원하여 전봉준과 협력하게. 스승의 억울함을 신원하여 우리 도의 대원大願을 이루게."

최시형은 충청 농민군의 봉기를 전봉준에게 알렸다. 최시형에게 지휘권을 넘겨받은 손병희는 농민군을 이끌고 논산에 도착한 전봉준과 합류했다. 전봉준과 손병희는 북상하고 김개남은 전주에 남았다. 손화중은 후방에 남아 해상으로 치고 들어올 일본군을 막기로 했다.

경상도 60여 군현에서 농민들이 일어났으며 황해도에도 수만 명의 농민군이 집결했다. 해주 감영을 공격했고, 동학 접주인 김구도 앞장섰다.

"녹두장군이 돌아왔다."

큰 가마에 탄 전봉준은 거대한 기를 펄럭이고 뿔 나팔을 불며 농민군을 지휘했다. 농민군의 무리는 산과 들을 덮어 수를 헤아릴 수 없는 지경이었다.

어둠이 내리자 농민군의 흰옷이 서리에 젖었다. 골짜기를 비추는 달빛은 처연했다.

세성산에 매복했던 일본군이 동학농민군 대장 김복용을 죽이고 800명이 죽거나 크게 다쳤다. 부상당한 자들의 신음소리가 바람에 실려 음울하게 울렸다. 동이 트면 농민군 제1·2대는 전봉준이, 제3대는 손병희의 지휘 아래 공주를 협공할 계획이었다.

스나이더 소총을 쥔 달수의 손등은 칭칭 동여맸음에도 피로 흥건히 젖어 있었다.

"그나마 다행이다."

오른발을 다친 김 씨가 달수를 위로했다.

김 씨는 등나무 껍질로 만든 등패藤牌를 손보고 있었다.

'이 등패가 일본놈의 총알 앞에 도움이 되려나.'

달수는 김 씨의 등패를 심란하게 쳐다보았다.

"발은 괜찮소?"

"지금은 괜찮은디 내일이면 다 끝나는 거 아닌가 모르겄다."

수염이 덥수룩하게 자란 김 씨가 죽창을 세워 몸을 의지했다.

"뭔 소리여? 재수 없게."

달수는 목소리를 죽이며 화를 냈다. 찬바람 때문인지 아까부터 어깨가 시려왔다.

"세성산을 뒤덮은 시체들 봤잖여. 다 글러 먹었어."

전투에 나간 1만 명을 점고해보니 3,000명이 남았다는 소문이 돌았다.

"닥치라고!"

달수는 화를 벌컥 내며 일어섰다. 갑자기 초계와 아이 생각이 떠올랐다. 자신의 아이였는데 나 몰라라 했다.

'새끼를 거두지 않아 벌 받는 갑다.'

11월 9일 우금치.

농민군은 판치 봉우리에서 서쪽 봉황산 뒤편까지 산 위 40리에 진을 쳤다. 공주 감영을 포위하는 형세를 취했다. 능선에는 농민군의 깃발이 수없이 나부꼈다.

일본 모리오 대위가 이끄는 부대가 우금치 최고봉에 자리잡고 농민군을 겨누고 있었다.

"왜놈들을 때려잡자."

농민군은 깃발을 흔들고 북을 치며 앞다퉈 내달렸다.

'죽음을 무릅쓰고 달려드는 저들은 무슨 의리이며 무슨 담략인가.'

조선군은 강제로 동학농민군 토벌에 나섰지만 상대의 담대

함에 뼈가 떨리고 간담이 서늘했다.

농민군은 수만 명이었으나 최신 무기를 갖춘 일본군 200여 명을 당해내지 못했다.

일본군은 무라타 연발 소총과 크루프포를 사정없이 갈겨댔다. 2,000m를 나가는 미제 소총도 등장했다. 일본군의 총은 350m를 날아가는데 농민군의 화승총은 70m를 날아갔다. 화승총은 심지에 불을 붙여야 했는데 전날 내린 비로 점화마저 어려웠다.

개틀링 기관포 앞에 농민군은 짚단처럼 쓰러졌다. 농민군이 든 것은 화승총과 죽창, 몽둥이, 낫이었다.

전봉준은 태인 전투 직후 농민군의 해산을 결정했다.

손병희는 임실에 있던 최시형을 만나 도피길에 올랐다. 최시형은 앞서 해산령을 내렸다.

광주에 본진을 두고 있던 손화중도 해산을 결정했다.

전봉준은 한성으로 정세를 살피기 위해 들어가다 순창 피노리에서 붙잡혔다. 김개남과 손화중도 비슷한 시기에 붙잡혀 한성으로 압송됐다.

해산한 동학농민군은 산이나 섬, 도회지에서 숨어 살거나 화전민이 되었다. 상당수는 을미사변 이후 의병에 뛰어들었다.

Her Majesty (왕비 전하)

1894년 12월 24일.

언더우드 부인은 왕비의 부름을 받고 알현실로 갔다.

언더우드 부인은 평소에도 마르고 창백한 왕비였지만 더욱 애수가 깃든 얼굴을 보자 목구멍에서 뜨거운 것이 올라왔다. 비수를 목에 겨누는 일본과 사랑을 주었던 신하들의 배신을 겪고 있는 왕비였다. 언더우드 부인에게는 왕비가 숨을 쉬고 있는 것조차 대단했다.

왕비는 일본이 서양인의 왕궁 출입은 막지 못한다는 걸 알고 선교사와 외국인을 자주 불렀다.

언더우드 부인은 한국말을 배워 통역 없이도 왕비와 이야기할 수 있을 정도가 됐다.

“왕비 전하, 지금 미국과 구라파는 성탄절 축제로 떠들썩할 겁니다. 서로 예수님의 탄생을 축하하고 선물을 주고받지요.”

언더우드 부인은 복음을 전할 기회를 얻기 위해 성탄절 이야기를 꺼냈다.

“성탄절 트리를 장식하고 찬송가를 부르며 즐거운 시간을 보냅니다.”

왕비의 얼굴이 어두워졌다.

“합중국이나 구라파는 자유롭고 강하니까 그런 즐거움을 누리겠지. 합중국은 영국의 지배를 받았는데 어떻게 부강한 나라가 됐나요?”

왕비는 언더우드 부인을 애절하게 바라보았다.

“자유를 위해 목숨 걸고 용맹하게 싸웠습니다.”

“그때 법국이 많이 도왔지요? 법국은 영국과 원수지간이었고.”

“예. 왕비 전하 잘 아시네요.”

“합중국 같은 힘 있는 나라가 도와주면 일본을 물리칠 수 있을 텐데.”

왕비가 순간 옷고름을 쥐어뜯었다.

“합중국이 강한 것은 백성에게 교육의 기회를 줬기 때문입니다. 저처럼 여자도 배울 수 있게 해서 나라를 부강하게 만들었어요.”

왕비의 눈이 힘 있게 반짝였다.

"정부에서 토지를 주고 학교를 많이 짓게 했지요. 제가 의료 선교사로 조선 땅에 올 수 있었던 것도 교육을 받은 덕분입니다."

"나라에서 많은 걸 하사했군요."

왕비의 검은 눈이 잠시 깊은 생각에 잠겼다

"맞습니다. 조선도 교육받는 사람이 많아지면 강한 나라가 될 것입니다."

"아! 조선도 합중국처럼 행복하고, 자유롭고, 힘이 있다면!"

왕비의 눈앞이 갑자기 환해졌다.

단정하게 차려입은 조선 여자들이 남자와 같이 당당하게 같은 학당 같은 교실에서 웃으며 공부하는 모습이 펼쳐졌다. 교사를 바라보는 눈빛은 여자와 남자 학도 모두 진지하고 총명했다.

조선 여자와 남자가 같이 공부하고 시험을 치루고 관에도 나가고 상업이나 광업을 할 수 있었다. 의술을 공부해 늠름한 의사가 되고, 세계 어느 곳이나 여행을 다닐 수 있었다. 어느 나라도 감히 조선을 넘보지 못하고 청국이나 일본은 물론 합중국과 법국, 덕국과 어깨를 나란히 할 수 있을 것이다.

'그런 조선, 그런 조선인이 될 거야. 우리는 빛나는 하늘의 자손이 아닌가. 지금 슬픔에 빠져 넋을 놓고 있을 때가 아니

다.'

깊은 무력감에 빠졌던 왕비의 얼굴에 생기가 돈 것은 그때였다.

"언더우드 부인, 외교관 부인들을 대궐 정원에 초청해 주세요. 다같이 모여 차를 마실 수 있게요."

"정원 향연에 초청하라고요?"

"간곡히 부탁합니다."

언더우드 부인은 왕비의 청을 잊지 않고 외교관과 선교사 부인들을 왕실 정원으로 초대했다.

"왕궁이 이렇게 아름다운 줄 미처 몰랐어요."

"한성에 있는 최고의 보석이네요."

"다만 문마다 험악한 표정으로 지키고 선 일본군만 뺀다면 천국 같겠어요."

"왕비 전하도 직접 만나 뵈니 너무나 매력적이고 총명하시네요."

"일본군은 왜 왕궁을 총칼로 막아서고 있는 거죠?"

각국 부인들은 왕실 정원에서 가진 티파티를 통해 일본이 조선에 가하는 실상을 파악하기 시작했다. 일본은 한성에 와 있는 외교관들에게 왕과 왕비에 대한 엄청난 비난과 왜곡된 정보를 퍼뜨리고 있었던 것이다.

1895년 봄.

언더우드 목사 부부에게 총리대신이 방문했다.

"왕비 전하께서 명을 내리셨습니다. 동궐과 서궐 사이에 학당을 세울 테니 설계를 맡아달라고 하십니다. 학당을 세우는 데 돈은 얼마나 들지 알아봐 주십시오."

"왕비 전하께서 훌륭한 생각을 하셨군요."

언더우드 부인은 유폐된 중에도 조선의 미래를 위해 교육에 나선 왕비의 의지에 놀랐다.

"왕비 전하께서 당장 3만 달러를 하사하시겠다 합니다. 이후 매년 2만 달러에서 3만 달러 정도를 하사하신다고 하니 서둘러 주십시오."

총리대신은 왕비의 강한 뜻을 전했다.

"왕비 전하는 정말 대단한 분이세요. 보통사람 같으면 저 왕궁에서 하루도 버티기 힘들 텐데. 동양의 어느 왕비나 여왕이 저분 같은 강인한 정신과 담력을 가졌을까요."

이토 히로부미는 무쓰 무네미쓰 외무대신과 함께 군함 팔중산에 올랐다.

이홍장과 마지막 담판을 짓고 천황에게 보고하기 위해 대본영이 차려진 히로시마로 가기 위함이었다. 청일전쟁을 종결짓는 담판이었다.

일본 우지나항에는 열아홉 발의 축포가 울리는 가운데 야마가타 아리토모 육군 대신, 구로다 추밀원 의장, 사이고 해군 대신, 마쓰카타 대장 대신, 히지카타 내 대신이 도열해 있었다.

다리 위에는 '축 대훈祝 大勳'이라 쓴 커다란 아치와 가건물이 세워졌다. 가건물 안에는 테이블 위에 천황이 특별 하사한 샴페인이 놓여 있었다.

"이토 히로부미 총리대신을 위해 건배."

모두 글라스에 샴페인을 채우고 축배를 들었다.

이토와 무쓰는 천황이 보낸 마차를 타고 대본영으로 향했다. 길 양편에는 시민과 학생들이 일장기를 정신없이 흔들며 함성을 질렀고, '축 대훈'이라 쓴 대형 아치와 폭죽이 이들을 열렬히 환영했다.

청국을 상대로 3억 엔이라는 어마어마한 배상금과 요동 반도, 타이완을 얻어낸 것에 열광하고 있었다. 이토가 이홍장의 목을 비틀어 따낸 화려한 전리품이었다.

이토의 귀에는 이들의 함성이 천지를 진동하듯 장엄하게 들렸다.

4월 23일 도쿄 외무성.

러시아 히트로보 공사, 프랑스 아르망 공사, 독일의 라이덴 공사가 딱딱하게 굳은 얼굴로 하야시 외무차관을 방문했다.

히트로보 공사가 먼저 긴장한 하야시에게 러시아 정부의 권고문을 건넸다.

> '일본이 요동 반도를 소유하면 청국의 수도를 위태롭게 함과 동시에 조선의 독립을 유명무실하게 만들어 극동의 평화에 영원한 장애를 줄 것으로 판단된다… 이에 일본국 정부에 권고한다. 요동 반도 영유를 포기하라.'

하야시 차관은 세 사람이 돌아가자마자 이토와 무쓰에게 긴급히 전보를 쳤다.

일본은 러시아의 개입은 예상했지만 독일과 프랑스까지 나서리라고는 상상도 못했다. 프랑스는 러시아와의 동맹을 강화하기 위해 러시아의 요청에 동의했다. 독일을 견제하기 위해 러시아와 우호적인 관계를 가져야 했다.

독일의 빌헬름 2세는 극동에 거점이 없는 것이 불만이었는데 러시아가 제안하자 흔쾌히 받아들였다. 동시에 러시아와 프랑스가 손잡는 것에 위기감을 느껴 함께 행동에 나섰다.

일본은 특히 독일이 러시아의 요청에 가담한 것을 보고 충격을 받았다. 독일은 일본에 우호적이었다. 일본이 독일에서 군사와 의약 분야의 고문을 초빙해왔고, 헌법제정 때도 큰 도움을 받았기 때문이었다. 러시아에선 알렉산더 3세가 사망한

후 니콜라이 2세가 황제에 즉위했다. 니콜라이 2세의 신임을 받은 재무장관 비테는 매우 저돌적이었다.

“일본이 요동을 포기하지 않겠다고 하면 그때는 전쟁입니다. 필요한 전쟁자금은 제가 책임지고 대겠습니다.”

비테는 러시아 장관 협의회에서 이같이 큰소리쳤다. 3국 공사가 일본 외무성을 방문해 요동반도를 포기하라고 하기 며칠 전에 열린 협의회였다. 회의에는 알렉세이 대공, 로바노프 외무장관, 바노프스키 육군 장관, 치하초프 해군 장관이 참석했다.

“그러나 전쟁까지는 가지 않을 겁니다.”

비테는 여유를 부리며 이같이 단언했다. 로바노프 외무장관이 입을 열었다.

“일본이 순순히 내놓지 않을 수도 있습니다. 너무나 쉽게 스스로 목숨을 버리는 민족이지 않습니까? 영국이 일본을 지원할지 모르니 다른 나라도 함께 끌어들여야 합니다.”

로바노프 외무장관은 프랑스에 먼저 공동 개입을 제의한 뒤 독일에게도 요청했다.

러시아는 청국의 즈푸에 회색 페인트를 칠한 군함 10여 척을 정박시키고 있었다. 회색 페인트는 전시戰時를 상징하는 색이었다. 프랑스와 독일도 군함을 보내놓은 상황이었다.

러시아 주재 니시 일본 공사는 로바노프 외무장관을 찾아 3

국의 개입을 다시 생각해줄 것을 요청했다. 로바노프 장관은 니시 공사에게 고압적으로 말했다.

"러시아 황제 폐하는 일본 정부의 청구를 인정하지 않았소. 한마디 해두겠소. 운송선이 오데사로 파견되어 군대 수송을 준비 중이오. 각국의 권고는 중대한 결의 아래 나왔음을 각오하는 게 좋을 것이오."

다급해진 무쓰는 영국에 주재 중인 가토 공사를 킴벌리 영국 외무장관에게 보내 도움을 청하라고 지시했다. 영국은 물론 3국의 공동 개입을 알고 있었다.

"영국 정부는 간섭하지 않고 중립을 지키기로 했소. 3국이 어디까지 주장할지는 알 수 없지만 일본은 단단히 각오하는 게 좋겠소."

세계 최강국이자 핵심인 영국이 냉담하게 나오자 일본은 궁지에 몰렸다. 이토와 무쓰는 머리를 싸매고 고민하다 하는 수 없이 결론을 내렸다.

일본 무쓰 외무대신은 3국 공사들에게 다음과 같은 회답안을 타전했다.

> '일본제국 정부는 러시아 독일 프랑스 3국 정부의 우의적인 충고에 근거해 봉천 반도 영구 점령을 포기한다.'

반격

“나가노 씨 왕궁에 갈 일이 있으니 문표를 만들어주세요.”

율리는 나가노에게 당당하게 말했다.

“궁궐엔 무슨 일로 가는 거요? 요즘 그곳 분위기가 심상치 않은데.”

나가노는 눈을 찡그리며 만류했다.

“이럴 때 일확천금을 버는 거예요.”

“공사관에서 문표 단속을 까다롭게 해서 말이오.”

“그 말은 안 된다는 건가요?”

율리의 목소리가 날카로워졌다.

“알았소. 내일까지 해보겠소.”

경복궁을 찾은 율리는 일본군에게 문표를 보이고 떳떳하게 들어갔다. 왕비의 처소에도 일본군이 일일이 출입을 감시하고 막고 있었다.

"마마."

"잘 들어왔다."

"편찮으신 데는 없으시옵니까? 전하와 동궁마마도 무탈하시고요?"

율리는 초계로 돌아와 눈물을 떨구며 왕비의 손을 잡았다.

"다 편안하시다. 너도 각별히 조심하거라. 바깥소식은 좀 가져왔느냐?"

왕비는 주위를 살핀 뒤 목소리를 낮췄다.

"이 대감에게 들은 소식은 없느냐?"

이범진이 러시아공사관에서 받은 연락을 말한 것이다. 이범진은 왕과 왕비의 밀명을 받고 러시아 공사관과 은밀히 접촉하고 있었다.

"기뻐하십시오. 아라사와 덕국, 법국이 일본에게 요동을 내놓으라고 윽박질러 일본이 무릎을 꿇었사옵니다."

"이젠 됐다. 이제야 숨을 쉴 수 있겠다."

왕비는 바짝 마른 입술을 깨물었다.

"전하, 조희연을 군부대신에서 면직하시옵소서."

왕비의 목소리가 차분하게 울렸다.

"이노우에가 가만 있을까?"

"저에게 생각이 있사옵니다. 일본과 기맥을 통하는 조희연을 쳐내야 일본당의 무력을 무너뜨릴 수 있사옵니다. 그리고…."

왕비는 잠시 주변을 살펴 엿듣는 사람이 없는지 확인했다.

"아라사가 법국과 덕국을 끌어들여 일본이 삼킨 요동을 내놓게 했사옵니다. 아라사는 총 한 발 쏘지 않고 일본놈들이 피흘려 차지한 요동 땅을 뺏은 것이옵니다."

"정말인가? 드디어 아라사가 나섰군."

왕은 웨베르 공사로부터 페테르부르크에서 도움이 있을 거란 언질을 받고 속을 태우고 있었다.

"아라사, 합중국과 힘을 합쳐 왜놈을 물리쳐야 합니다."

왕이 일본당으로 지목한 조희연은 군부대신에서 면직됐다. 왕명을 받지 않고 맘대로 군대를 동원했다는 이유에서였다.

김홍집 내각은 왕명에 크게 반발하며 전원 사직서를 냈다. 고종은 즉각 내각 전원의 사직서를 받아들이고 미국 전권대신을 지낸 박정양을 총리대신에 올렸다.

친미파를 전격적으로 발탁해 일본에 충격을 줬다.

왕은 자신의 뜻에 반한 것이었다며 일본당이 마구 통과시킨 칙령들을 취소했다.

왕비는 일본과 일본당이 왕을 견제하기 위해 강제로 떼어낸 궁내부에 대해 묘수를 생각해냈다. 왕은 자신의 권한을 궁내부로 축소시켰다며 크게 화를 내고 있었다.

"전하, 궁내부를 활용해야 겠습니다. 전하를 보필하는 친위조직으로 만드십시오."

왕은 심상훈, 이하영, 이경직, 민상호, 현흥택을 궁내부에 기용하고, 이범진도 궁내부로 끌어들였다. 궁내부 특진관을 설치해 이들이 내각까지 겸무를 맡아 정치와 경제, 군사권을 가져오게 했다. 이범진은 궁내부 업무를 총괄하는 궁내부 대신서리에까지 올랐다.

왕비는 일본이 전격 파면한 미국인 르장드르를 다시 궁내부 고문으로 임명했다. 르장드르는 웨베르와 절친한 사이였기에 미국과 러시아가 중요한 상황에서 긴요한 인물이었다.

왕비는 임오군란 때 목숨을 구해준 홍계훈을 왕의 호위를 맡을 연대장에 임명하도록 했다.

일본을 다녀온 이노우에 가오루 공사는 아내 다케코와 함께 왕과 왕비를 알현했다.

이노우에는 왕에게 6,000원 어치의 선물을, 다케코는 왕비에게 3,000원 어치의 값비싼 선물을 바쳤다.

"일본 정부는 홍수와 콜레라로 힘든 시기를 겪고 있는 조선을 위해 3,000만 원을 기부할 예정입니다. 두 나라의 우호를 높이기 위한 것이니 기다려주십시오."

왕과 왕비는 일본에 다녀온 뒤 달라진 이노우에의 태도에 일단 안도했다. 그러나 일본 정부는 기부가 아니라 차관을 생각하고 있었고 의회에서 통과된 것도 아니었다. 이노우에가 왕과 왕비의 환심을 사기 위해 멋대로 발설한 것이었다.

1895년 9월.

육군 중장 출신의 미우라 고로가 일본 공사로 한성에 부임했다.

이노우에 가오루가 사실상 경질되고 후임으로 온 것이다. 의기양양하게 조선에 들어왔던 이노우에 가오루였지만 결국 왕비에게 두 손을 들고 말았다. 박영효가 왕비 편으로 돌아섰다고 맹렬히 비판한 이노우에 가오루였다. 결국 본인도 왕비의 지략 앞에선 어쩔 수가 없었다. 점차 국정의 일을 왕과 왕비와 상의하는 일이 많아졌다.

"조선의 왕비는 자신의 정적도 자기 편으로 만드는 재주가 있다."

이노우에 가오루가 실토한 말이었다.

미우라 고로는 이토 히로부미, 이노우에 가오루, 야마가타 아리토모와 같은 조슈 출신이었다. 이노우에가 공사로 추천하고 이토와 야마가타가 밀었다. 외교 경험이 전혀 없는 군 출신의 미우라를 조선에 보내기로 한 것이다.

최종적으로 결단을 내린 사람은 이토 히로부미였다.

미우라 고로는 왕을 알현하면서 자신을 한껏 낮췄다.

"폐하, 저는 외교에 대해 아는 것이 없습니다. 폐하께서 저를 부르지 않으시면 들어앉아 사경寫經이나 하면서 이 땅의 풍광이나 즐길까 합니다. 관음경을 베껴 왕후 폐하께 올리겠습니다."

이때 발을 치고 미우라의 이야기를 듣고 있던 왕비가 발을 살짝 걷어 왕과 잠시 이야기를 나눴다. 왕비는 미우라에게 통역을 통해 이야기했다.

"우리나라의 관습 때문에 아녀자인 저는 외국의 사신과 정식으로 대면을 할 수 없으니 양해바랍니다. 조선에 오셨으니 많은 협조 바랍니다."

왕비는 미우라가 물러간 뒤 심한 체기를 느꼈다.

"왠지 기분이 좋지 않고 무서운 느낌이 듭니다. 이노우에보다 더 감이 좋지 않아요."

왕비는 왕의 숨통을 죄이던 이노우에가 경질된 것에 안도했는데 오히려 불길했다.

미우라 고로는 일본공사관 2층에 틀어박혀 불경을 읽어 외교관 사이에서 '독경공사'란 별명을 얻었다.

'오늘날과 같이 어려움이 극에 달한 시기에는 아무 일도 할 수 없다. 여러 사람 말을 듣고 결심을 바꾸는 것은 옳지 못하다. 국가를 위해 최선을 다해야 할 시기다. 부디 약속대로 결행할 것을 충고한다.'

이노우에 가오루가 보낸 전보였다.

미우라는 조선에 들어올 때 시바 시로를 은밀히 데려왔다. 시바 시로는 하버드대를 나온 지식인으로, 극우세력인 천우협과 현양사 인사들과 행동을 같이 했다. 일본 엘리트 출신들은 조선과 중국에 건너와 신문기자나 상인으로 가장해 정세를 염탐하고 테러를 저질렀다.

한성에서 발행되는 일본 신문 〈한성신보〉 사장 아다치 겐조가 미우라를 찾아갔다.

"지금 러시아를 방치하면 일본은 반도에서 완전히 배척될 겁니다. 우리 황국의 일대 위기입니다. 공사님은 불경만 읽어대고 어쩔 생각이십니까."

아다치 겐조는 미우라에게 분통을 터뜨렸다. 삼국간섭 이후 일본의 입지가 좁아 들자 조선에 머물고 있던 낭인과 상인들의 분위기가 험악해져갔다. 이들은 터지기 일보직전의 '인간 폭탄'이었다.

"자네 수하에 쓸 만한 젊은이가 몇이나 되나?"

아다치는 구마모토 출신으로 한성에서 동향 출신을 모은 '구마모토현인단熊本縣人團'을 이끌고 있었다.

"30명쯤 됩니다."

"흐음. 어쨌든 한 번은 '여우 사냥'을 하지 않으면 안 되네."

순간 아다치의 온몸에 전율이 올랐다. 항문이 말려 올라가는 듯했다.

"넷."

목례를 하며 소리쳤다. 미우라의 언질을 들은 아다치는 흥분해 달려나가 〈한성신보〉 주필인 구니토모 시게아키와 〈고쿠민國民신문〉의 한성특파원 기쿠치 겐조에게 이를 털어놨다.

10월 3일 일본공사관 밀실.

일등서기관 스기무라 후카시, 동경제대 법학부 출신의 공사관보 호리구치 구마이치, 조선 궁내부 고문관 오카모토 류노스케, 포병 중좌 구스노세 유키히코가 모였다.

미우라의 미간이 잔뜩 찌푸려 있었다. 칼날 같은 눈빛이 내부의 공기를 서늘하게 만들었다.

"11일 거사는 대원군과 조선 훈련대가 일으킨 정변으로 꾸민다."

10월 8일 을미사변

"공사님 큰일 났습니다."

10월 7일 아침 미우라 공사에게 조선군 훈련대장 우범선이 헐레벌떡 달려왔다.

"무슨 일인가?"

"주상께서 새벽에 훈련대 해산 명령을 내리셨습니다. 어떻게 좀 막아주십시오."

미우라는 조금 전 군부대신 안경수로부터 같은 말을 듣고 안절부절못하고 있었다. 왕은 친일 부대인 훈련대를 해산하라 명했다. 왕궁을 감시하는 훈련대가 해산되면 일본 세력이 약화될 것이었다.

'오늘 해치워야겠어.'

미우라는 제물포에 가 있는 오카모토와 구스노세 중좌에게 급히 한성으로 오라는 전보를 쳤다. 오카모토는 대원군을 은밀히 만난 뒤 일본으로 귀국하는 척 눈을 피하기 위해 제물포로 갔다. 구스노세 중좌 역시 귀국 명령을 받은 것처럼 가장하여 제물포에 가 있던 참이었다.

미우라 공사는 급히 아다치 겐조를 불렀다.

"훈련대 해산 명령이 내려졌다. 훈련대가 해산되고 무기를 뺏기면 대원군과 정변을 일으켰다는 주장이 맞지 않는다. 해산되기 전에 해치워야 한다. 오늘 밤 당장 실행하라."

"넷 알겠습니다. 드디어 우리의 원한을 풀 때가 왔습니다."

아다치 겐조의 부름을 받은 낭인과 소시壯士 30여 명이 살기등등한 얼굴로 한성신보 건물로 속속 모여들었다.

"오늘 밤 쳐들어간다."

양복에 조리를 신은 일본인이 소리쳤다.

시바 시로는 머물고 있는 파성관에 기생까지 불러 소시들과 술을 마셨다. 구스노세는 조선에 주둔 중인 450명의 일본 수비대에게 명령을 내렸다. 미우라는 오기하라 히데지로 경부에게 현장 지휘를 맡겼다.

밤이 되자 아다치 겐조가 술 취한 무리를 이끌고 오카모토와 합류하기 위해 용산으로 몰려갔다. 일본도를 어깨에 멘 자, 허리에 장도를 늘어뜨린 자, 칼이 든 지팡이를 든 자, 권총을 허리에 찌른 자들이었다.

이들은 오카모토와 만나 대원군의 공덕리 아소정으로 몰려갔다.

10월 8일 새벽 3시.

오카모토와 소시들은 대원군을 가마에 태우고 경복궁으로 향하기 시작했다. 기다리던 데지마 히데오가 공사관으로 급히 달려가 미우라 공사에게 이를 알렸다.

일본군 제1중대 140명이 경복궁에서 조선군 훈련대와 합류했다. 춘생문에는 일본군 제2중대가 조선군 훈련대 제1대대와 도착해 있었다. 일본군 제3중대가 준비한 긴 사다리를 광화문 양쪽 벽에 걸고 오르기 시작했다.

"멈춰라."

훈련대와 일본군의 움직임을 수상히 여긴 연대장 홍계훈이 소대를 끌고 달려와 소리쳤다.

"함부로 움직이지 말라. 성문에 들어와선 안 된다."

탕!

일본군이 쏜 총에 홍계훈이 맞고 쓰러졌다. 일본군이 달려들어 쓰러진 홍계훈을 칼로 베었다.

일본군에 의해 광화문이 열리자 흉도들은 함성을 지르며 돌진했다.

탕! 탕! 탕!

왕궁을 호위하던 시위대 병사들이 달려와 일본군과 전투를 벌였다. 연대장 현흥택의 지휘를 받은 시위대 300여 명이 일본군과 교전했다. 그러나 경복궁 점령 때 일본군에게 정예한 무기를 뺏긴 상태라 적수가 되지 못했다.

"이게 무슨 소리냐?"

총소리와 흉도들의 난동 소리에 놀란 왕과 왕비가 일어났다.

왕비는 이날 직숙을 보던 정병하를 급히 불렀다.

"무슨 변이 일어났는가?"

"별일 아니니 아무 걱정 마시옵소서. 소신이 두 분 전하가 다치시지 않게 보호할 것이옵니다."

정병하는 중인 출신이었지만 왕의 총애를 받아 별입시가 되고 전환국 관리로 발탁돼 부귀영화를 누린 자였다. 왕과 왕비는 정병하의 말을 믿었다.

총소리는 그치지 않고 흉도들의 난동 소리가 점점 커졌다.

"중전마마, 제발 뒷문으로 소인과 함께 피하시옵소서. 아무래도 심상치 않사옵니다. 이렇게 비옵니다."

의화군이 달려와 왕비에게 눈물로 간청했다. 왕비가 강하게 주장해 군君에 책봉될 수 있었던 의화군에게 왕비는 친모 이상이었다.

"대비마마께서 거동하실 수가 없는데 어찌 우리만 피하겠느냐. 정병하가 별일 아니라 했으니 기다려보자."

광분한 흉도들이 칼과 총을 마구 휘둘러대며 궁궐 북쪽의 건청궁으로 몰려왔다. 난동 소리가 점점 가까워졌다.

"중전 어서 피하시오."

왕이 다급하게 말했다. 왕비의 얼굴에서 핏기가 가셨다. 흉도들의 난폭한 소리가 금세라도 달려들 듯 가까이 들렸다.

"전하, 종묘사직의 중함을 잊지 마시옵소서!"

왕비는 왕의 손을 꼭 잡으며 말했다.

왕은 궁에 머물고 있던 이범진을 불러 미국과 러시아공사관의 도움을 청하라고 명했다.

서쪽 담을 타고 올라간 이범진은 폭도들이 궁궐 주변을 에워싸고 있는 걸 보고 구석에 있는 탑을 타고 담 위로 올라갔다. 이범진은 다리를 다쳤지만 일본군에게 발각되지 않고 궁을 빠져나왔다. 옷이 다 찢어진 채 이범진은 러시아공사관에 뛰어들며 소리쳤다.

"궁궐 안에서 일본군의 학살이 시작되었소. 중전마마를 죽이려는 게 분명하오."

이범진이 러시아 무관 미하일로프에게 외쳤다.

"전하가 러시아 공사관에 도움을 청하고 있소."

폭도들이 난동을 부리며 들이닥치자 왕은 일부러 난간에 나와 있었다. 어떻게든 폭도들의 관심을 끌려는 것이었다.

"왕비는 어딨나 어딨어?"

광폭해진 흉도가 뛰어 올라와 왕의 어깨를 잡고 흔들었다.

다른 흉도들은 칼로 미닫이문과 난간을 부수고 짓이기며 방안으로 난입했다.

"아악."

상궁과 나인들이 뒤엉켜 비명을 질렀다. 흉도들이 광분해 휘두르는 칼과 총질에 상궁과 나인들의 울부짖는 소리로 아수라장이 됐다.

"왕비, 왕비는 어딨느냐?"

흉도들이 궁녀로 보이는 두 명을 끌어내 참살했다.

나카무라 다테오, 후지카스, 데라자키 다이키치, 구니토모 시게아키, 미야모토 소위 등이 왕비의 침소로 난입했다. 공을 먼저 세우려는 광기였다.

한 명이 왕비를 붙잡았다.

"이게 무슨 짓이냐!"

궁내부 대신 이경직이 나타나 앞을 막아서다 흉도가 쏜 총을 맞고 쓰러졌다. 신문기자 히라야마 이와히코가 이경직을 칼로 베었다.

흉도들은 왕비를 바닥에 내동댕이치고 구둣발로 짓밟았다. 한 명이 먼저 일본도를 휘둘렀다.

왕비는 목에 섬뜩한 칼날과 함께 극심한 통증을 느꼈다.

"어마마마! 어마마마!"

세자는 피로 물든 왕비를 보자 울부짖었다. 왕비의 얼굴을 알지 못하는 흉도들이 세자를 질질 끌고 와 확인시켰던 것이다.

왕비의 시신을 확인한 흉도들은 유유히 궁을 빠져나왔다.

이미 동이 트고 있었다. 한성 성민들은 자객들의 옷과 칼에 묻은 선명한 피를 보았다. 총성을 듣고 달려온 웨베르 공사와 알렌 공사도 궁을 나오는 흉도들의 모습에 경악했다.

미우라 공사는 입궐해 아무 것도 모르는 척 왕을 알현했다. 잠시 뒤 자리를 빠져 나와 왕비의 시신을 눈으로 확인했다.

미우라는 오기하라에게 왕비의 시신을 화장하라고 급히 지시했다. 흉도들은 시신을 건청궁 동쪽 녹원 숲속으로 옮긴 다음 석유를 뿌려 태웠다.

일본이 조선의 왕비를 시해한 것이 드러나자 각국의 질타가 쏟아졌다.

비난을 감당하지 못한 일본이 하는 수 없이 미우라 고로 공사와 서기관 스기무라 후카시, 오카모토 류노스케와 수십 명의 일본인 자객을 히로시마 지방재판소 예심에 넘겼다.

1896년 1월 20일 증거가 불충분하다는 이유로 전원 무죄

석방됐다. 미우라가 재판소를 나오자 길가의 일본인들이 만세를 불렀다. 석방된 미우라가 도쿄에 도착하자 메이지 천황은 궁내성 차관인 다나카 미쓰아키를 보내 노고를 치하했다.

이후 미우라는 추밀 고문관에 올라 만년까지 정계에서 활동했다.

미우라의 참모였던 시바 시로는 일본 중의원 의원이 되었다.

〈한성신보〉 사장 아다치 겐조는 일본 정부에서 내무 대신을 지냈고 정당의 총재가 됐다.

스기무라 후카시는 외무성 통상국장을 거쳐 브라질 공사를 지냈고, 영사 관보 호리구치 구마이치는 브라질과 루마니아 전권공사를 지냈다. 구스노세 중좌는 육군대신에까지 올랐다.

고바야카와 히데오는 〈규슈니치니치九州日日신문〉 사장이 됐다.

명성황후明成皇后

1897년 5월.

왕의 황제 즉위를 요청하는 상소가 빗발치기 시작했다. 승지를 지낸 이최영이 상소를 올리자 최기석이, 이어 김재현이 716명의 연명을 받아 왕이 황제에 즉위할 것을 아뢰는 상소를 올렸다.

왕은 "불가하다"며 이들의 상소를 물리쳤다.

9월 의정부 의정이 된 심순택이 다시 상소를 올렸다. 10월에는 심순택이 백관을 거느리고 대궐 뜰에 엎드려 황제 즉위를 주청했다. 한성 성민도 왕의 칭제를 요청하는 상소를 올렸다.

왕은 드디어 이들의 뜨거운 요청을 받아들였다.

10월 12일 새벽.

왕은 환구단에 나아가 황제로서 천신과 지신에게 고하는 제사를 올렸다. 2년 전 서거한 왕비를 황후로 책봉했다.

명성황후明成皇后였다.

황제는 이날 황후의 혼을 모신 빈전에 나아가 즉위를 알리는 고유제를 올렸다.

'황후… 내가 왔소.'

황제의 눈에 뜨거운 눈물이 흘렀다.

'황후의 도움으로 나라를 굳건히 지키겠소.'

황제의 눈물이 뺨을 타고 황포黃袍에 떨어졌다.

'이 자리에 황후가 같이 서 있다면 얼마나 기쁘겠소.'

황제는 을미사변으로 심장을 도려내는 듯한 고통이 있었지만 다시 태어난 듯 각성했다.

이날 밤 한성 성민은 집마다 색 등불을 달아 대낮처럼 밝히며 황제의 즉위를 기뻐하고 축하했다. 집에는 태극기를 걸어 경축했다. 비가 내리고 쌀쌀해 성민의 옷은 젖고 추위에 떨었지만 얼굴에는 환한 빛이 가득했다.

이튿날 황제는 황후의 빈전에 제사를 올린 뒤, 태극전에 나아가 대한大韓이란 국호를 반포했다.

11월 21일 인시.

황후의 영가靈駕(상여)가 경우궁을 출발해 홍릉을 향해 떠났다. 을미사변 이후 2년 만이었다. 을미사변 직후 김홍집 친일 내각은 왕비를 서인으로 폐위하고, 국장마저 서둘러 치르려 했다. 어머니를 잃은 태자가 이를 반대하며 친일내각에 대해 격분했다.

"나라의 원수를 갚지 않으면 그 나라는 나라가 아니다."

국모를 잃은 뒤 국적國賊을 처단해야 한다며 전국에서 의병이 불같이 일어났다.

하루하루 목숨을 위협받던 왕은 아관파천을 통해 국면을 전환했다. 희생된 국모를 최고의 예로 모시기 위해 국장을 거듭 연기했다.

황후의 영가가 지나갈 길은 황토를 뿌리고 횃불을 들어 환히 밝혔다. 한성부 판윤을 선두로 4,800명이 황후를 애도하는 대열을 이뤘다. 황후의 공적을 기리는 만장이 바람에 펄럭이며 끝없이 이어졌다. 도성을 뒤덮은 만장의 물결이 국모의 서거를 한없이 슬퍼하는 듯했다.

대대장이 이끄는 황제의 시위대가 태극기를 높이 들었다.

제사에 쓸 집채만한 목마들이 수레에 실렸고, 16명의 곡궁인哭宮人이 말을 타고 지나갔다.

"마마! 황후마마!"

"중전마마!"

금색으로 칠한 황후의 대여大輿가 나타나자 백성들의 곡소리가 산을 울리듯 하늘에 닿았다.

성민 166명이 황후의 재궁梓宮(관)을 실은 대여를 메고 천천히 움직였다. 상여를 메고 명정을 든 이들은 한성의 동민들이었다. 동민 5,538명이 교대로 가마를 메고 엄숙한 걸음을 이어갔다. 2,700명이 황등과 홍등을 들고 황후의 대여 앞을 환히 밝혔다.

'황후마마… 고모님.'

태웅의 슬픈 눈이 하늘을 쳐다보았다. 국장만 마치면 간도로 옮겨가 왜놈들을 처단할 계획에 가슴이 불타오르고 있었다.

'제 목숨 다 바쳐 마마의 원수를 갚고야 말겠습니다.'

황후마마를 잃은 뒤에야 눈에서 더께가 떨어져 나가듯 정신이 번쩍 들었다. 얼음산에 떨어진 듯 몸과 정신이 깨어났다. 딸을 데리고 미국으로 간 초계가 생각났다.

사람들 속에 끼어있던 호랑이는 말없이 영가를 따라갔다. 국장만 끝나면 의병이 되어 총을 들고 일본놈들과 끝까지 싸울 것이다. 황제는 홍릉에서 밤을 지새며 분신 같았던 황후와 마지막을 보냈다.

초대받은 언더우드 부인과 외국 공사, 외국인들이 임시 막사에서 밤을 지샜다.

조선에 온 지 얼마 안 되는 영국인이 언더우드 부인에게 물었다.

"조선 사람은 게으르고 열등하다고 들었는데 오늘 장엄한 장례식을 보니 느낌이 좀 다르긴 합니다."

"조선인을 형편없어 보이게 하려는 자들이 만든 헛소문입니다. 조선인은 쓸모없는 돌처럼 보이겠지만 잘 닦기만 하면 구세주의 왕관에 박힌 찬란한 보석처럼 빛나는 사람들입니다."

언더우드 부인은 단호하게 말했다.

"조선인은 일본인처럼 싸움꾼도 아니고 중국인처럼 장사치도 아네요. 일본인의 경박함이나 저돌적인 충동 기질도 없고 중국인처럼 무딘 보수성도 없어요. 만약…."

언더우드 부인의 목소리가 떨렸다.

"조선이 흉계에 걸려 나라를 빼앗긴다면 그건 잠깐 방심했기 때문입니다. 10년 가까이 조선인을 지켜본 저의 양심적인 관찰입니다."

"아, 그렇군요."

영국인은 멋쩍어하며 고개를 끄덕였다.

울컥해진 언더우드 부인은 밖으로 나왔다. 황후가 다가와 활기찬 목소리로 어떻게 하면 조선을 빨리 강하게 만들지 물어볼 것 같았다.

'황후님 이제는 편안히 잠드세요.'

1909년 10월 26일 오전 9시30분.

탕!

하얼빈역에 내린 일본 정계의 거물 이토 히로부미에게 총탄이 박혔다. 이토 히로부미가 러시아 의장대의 사열을 받고 일본인 환영단으로 향하던 중이었다. 인파 속에서 기다리던 의병장 안중근이 쏜 총알이 이토 히로부미에게 박혔다.

"코레아 우라!"

안중근은 이토를 저격한 뒤 그 자리에서 '코리아 만세'를 외쳤다.

안중근은 민족의 원흉 이토 히로부미가 하얼빈역에 도착한다는 기사를 읽고 기다리고 있었다. 그러나 이토의 얼굴도 모르던 안중근이었다. 키 작은 늙은이가 기차에서 내려 대대적인 환영을 받자 하늘에 뜻을 맡기고 저격한 것이었다.

이토 히로부미는 그날 오전 10시 절명했다.

안중근은 즉시 러시아에 체포된 뒤 일본 영사관으로 넘겨졌다. 다시 여순 감옥으로 옮겨져 일본 검찰관의 심문을 받았다.

"이토 히로부미 공을 왜 살해했나?"

"첫째, 일본 병정을 시켜 대한제국의 황후 폐하를 시해했기 때문이다."

〈끝〉